VINDOBONA
VERLAG SEIT 1946

Bibliografische Information der Deutschen Nationalbibliothek:
Die Deutsche Nationalbibliothek verzeichnet diese Publikation in der Deutschen Nationalbibliografie.
Detaillierte bibliografische Daten sind im Internet über http://www.d-nb.de abrufbar.

Alle Rechte der Verbreitung, auch durch Film, Funk und Fernsehen, fotomechanische Wiedergabe, Tonträger, elektronische Datenträger und auszugsweisen Nachdruck, sind vorbehalten.

Für den Inhalt und die Korrektur zeichnet der Autor verantwortlich.

© 2011 Vindobona Verlag

Gedruckt in der Europäischen Union auf umweltfreundlichem, chlor- und säurefrei gebleichtem Papier.

www.vindobonaverlag.com

Andreas Huber

DER ZUG
ENDSTATION HÖLLE

Roman

„Is all that we see or seem
But a dream within a dream?"

Edgar Allan Poe

Zitat: Auszug aus "A Dream Within a Dream"(1849) von Edgar Allan Poe

Prolog

Ich wusste nicht wie mir geschah. Ein mächtiger Wolf in Militäruniform stand auf einmal vor mir und starrte mich an mit seinen tiefroten Augen, als wollte er mich mit einem Satz verschlingen. Da saß ich nun, verängstigt und allein in dieser tiefen Winternacht in einem dunklen Zugwaggon und starrte in die kalten, toten Augen eines riesigen Wolfes, der nur darauf wartete, mich in alle Einzelteile zu zerlegen. Ich wagte es nicht mich zu rühren, als ich plötzlich Stimmen von meiner linken Seite hörte... „He, aufwachen, Alex, wie kannst du jetzt bloß schlafen?" Stimmt, ich war eingeschlafen und es war nur ein Traum. Tja, was sonst? Aber ein böser Traum, denke ich. Ein Wolfsmensch in Uniform? Was für ein Blödsinn.
Die Nacht ist angebrochen. Noch immer keine neue, gute Nachricht vom Zugpersonal. Wir sitzen immer noch fest. Ich habe in meinem ganzen Leben noch nie so einen harten Winter erlebt wie in diesem Jahr. Ob das dem Klimawandel zuzurechnen ist, wie man in den Medien oft hört? Immerhin bin ich jetzt knapp 35 und habe so etwas noch nie erlebt. Wir sitzen jetzt schon über acht Stunden hier fest, mitten in einer kargen, grauen Winterlandschaft irgendwo in Ungarn. Der wie aus dem Nichts kommende Schneesturm macht ein Weiterkommen seit Mittag unmöglich. Wir sitzen fest, abgeschottet von der

Außenwelt. Keine Kommunikation ist möglich. Der heftige Sturm, der draußen wütet, lässt keine Verbindung zu, weder über Handy noch über Funk. Die Menschheit scheint trotz modernster Technologien wenig gegen die Ausmaßen von Mutter Natur tun zu können. Die Nahrungsmittel werden für alle 276 Personen langsam knapp, und jetzt bricht auch noch die Nacht herein über unseren liegengebliebenen Zug, der nicht weiter kann, da 100 Meter voraus ein umgestürzter Baum unsere Fahrstrecke blockiert, wie man uns gesagt hat. Anscheinend ist es aber nicht nur hier so, sonst hätte man uns Hilfe geschickt. Unsere einzige Hoffnung besteht darin, die Nacht gut zu überstehen und morgen, bei besserer Wetterlage erneut zu versuchen, Notsignale, sei es per Telefon oder anderer Art, abzugeben. Von Tageslicht sind wir jedoch zurzeit noch weit entfernt. Der starke Winterwind peitscht die Nadelbäume in der Ferne und reißt die dicke Wolkendecke immer wieder auseinander – es blitzt der Vollmond hervor. Wir schreiben den 29. Dezember 2008, meine Freundin und ich reisen von einem Thermenurlaub in Budapest zurück. Diesen Horror haben wir uns jedoch nicht gewünscht an unserem letzten Urlaubstag. Ich sollte morgen früh in der Arbeit erscheinen. Daraus wird wohl nichts – naja, ich denke, ich habe eine ziemlich gute Ausrede.

Mit Schaudern sehe ich immer wieder durch das riesige Fenster meines Zugabteils hinaus in die karge, zerzauste Winterlandschaft, die relativ hell ist, selbst bei Nacht. Durch den Vollmond kann man relativ viel erkennen. Dieses Heulen ist unerträglich. Dieser Wind gibt Töne von sich, die habe ich in

Österreich noch nie gehört. Mein Abteil, in dem ich sitze, ist voll. Die Luft ist dementsprechend schlecht. Wir haben eine Frau in unserem Abteil, die sich regelmäßig übergibt. Vielleicht liegt es auch an diesem Detail. Ich versuche, meiner Freundin gut zuzusprechen. „Morgen sind wir wieder zuhause, mein Schatz!", sage ich immer. Selbst habe ich ein ungutes Gefühl. Ich will sie nicht anlügen, aber vielleicht ist es das Beste, ich unterrichte sie nicht über die Art meines Albtraums. Ich habe es auch selbst wieder verdrängt. Da sitzen wir nun, eingekerkert irgendwo zwischen Budapest und der Grenze zu Österreich. Keine große Stadt in der Nähe. Wolkov war der letzte Ort, an dem wir vorbeigefahren sind. Das war aber auch schon eine halbe Stunde vor dem großen Auftritt des Sturmes. Jetzt ist es knapp nach 20 Uhr. Wir sollten eigentlich um 16:00 Uhr in Wels ankommen. Daraus ist nichts geworden.

Die Abteiltür geht auf. Der Zugführer persönlich bringt uns Decken und heißen Tee. Leider bringt er uns auch keine Neuigkeiten über unsere prekäre Lage. Noch immer probiert das Zugteam Verbindung mit der Aussenwelt aufzunehmen, mit irgendjemandem. Vergeblich. Sie werden es weiter versuchen, sagt er. Viel Erfolg bis morgen Früh dürfe man sich aber nicht erwarten. Der Sturm ließe jetzt zwar nach, die Schäden sind jedoch beträchtlich, wie es scheint. Der Zug kann ohne fremde Hilfe nicht weiterfahren und die Telekommunikation scheint völlig zusammengebrochen zu sein, so zur Lage. Wir sollten jedoch kühlen Kopf bewahren und ein bisschen schlafen. Morgen wird es sicher klappen, so der Zugführer. Er verabschiedet sich und lässt uns wieder allein mit unseren Gedanken und kargen Dialogen.

Wir sind vier Leute im Abteil, und haben es demnach noch ganz gut erwischt. In der 2. Klasse müssen sie zu sechst in einem Abteil sitzen. Bei dieser angespannten Situation nicht gerade angenehm für alle. Meine Freundin und ich teilen unser 1. Klasse Abteil mit einem älteren Pärchen. Der ältere Herr versucht, seine angeschlagene Frau so gut es geht zu beruhigen. Aber ihre kleinen Panikattacken, die zur Folge haben, dass sie sich immer wieder mal übergeben muss, gehen an ihre Substanz... und an unsere. Nach beinahe 10 Stunden fällt jeglicher Gesprächsstoff der Erschöpfung und dem Frust zum Opfer. Ich halte nur meine Freundin im Arm und starre aus dem Fenster. Einschlafen will ich selbst nicht mehr. Ich will nichts mehr träumen, das mir Angst macht. Und ich habe Angst. Diese Landschaft da draußen, die alles andere als lebendig und freundlich aussieht, wirkt bedrohlich und düster. Der Sturm hat nachgelassen und ist nicht mehr so stark. Man könnte nach Wolkov laufen, schießt mir durch den Kopf. Es sind wahrscheinlich so um die 30 Kilometer, sicher der nächste Ort. Meine Freundin ist bereits eingeschlafen und ich kann nicht einen Grund finden, den ich ihr geben kann, warum wir mitten in der Nacht aufbrechen sollten. Doch die Frage ist überhaupt, ob jemand weiß, dass wir abgängig sind. Sicher wird jetzt in diesem Moment überlegt, wie uns geholfen werden kann. Oder doch nicht?

2

Am Gang höre ich einen Tumult aufkommen. Lauter werdende Gespräche. Ein Streitgespräch. Oh Gott, dieses Heulen ist unerträglich da draußen. Der Wind hat anscheinend doch nicht nachgelassen. Ich stütze den Kopf meiner Freundin vorsichtig auf einem Polster ab und schleiche mich leise raus zum Gang um die drei Schlafenden in meinem Abteil nicht zu wecken. Da stoße ich zu drei Männern und einer Frau, die offenbar in ein Streitgespräch verwickelt sind. Ich bitte sie zunächst, leiser zu sprechen um etwas mehr Rücksicht auf schlafende Personen zu nehmen und mache Andeutungen, dass wir zum Ende des Waggons gehen sollten um dort alles zu besprechen. Es ist mittlerweile 21:30 Uhr abends. Am Ende des Waggons angekommen, fängt einer der Männer an, mir seine Sicht der Dinge zu erklären.

Er spricht gegen meine Erwartungen ruhig und sachlich, während die anderen drei Personen, zwei weitere Männer und eine Frau, ängstlich und unruhig wirken. „Sehen Sie aus dem Fenster!", meint der Mann mit leichtem Akzent. Ich weiß nicht, worauf er hinaus will. Natürlich weiß ich, dass es nicht gut um uns steht. Der Sturm ist noch da und die Situation ändert sich seit Stunden nicht merklich. Eindringlich fordert er mich auf, hinauszusehen. Gemeinsam gehen wir zum hinteren

Waggonausgang. Unser Waggon ist der letzte des Zuges. Der 1. Klasse-Waggon. Ich sehe aus dem Fenster. Das Bild ist beinahe langweilig für mich: eine weite Winterlandschaft. Fast nur weiß, ganz hinten glaube ich einen kleinen Wald zu erspähen. Der Vollmond scheint relativ stark, so kann man das reflektierende Weiß des Schnees gut in der schwarzen Nacht erkennen. „Na und?", gebe ich endlich zu bedenken. „Da draußen ist scheiß Winter, was erwarten Sie?" „Sehen Sie genau hin!", sagt er ärgerlich, als habe er meine Reaktion erwartet. Als ich weiterhin einen verwirrten und ebenso ärgerlichen Gesichtsausdruck mache, reicht es ihm. Kurzerhand macht er die Waggontüre auf und springt mit einem Satz hinaus. „Sehen Sie es vielleicht jetzt? Wo zum Teufel sind die Schienen für die Fahrbahn? Ein Zug fährt doch auf Schienen, nicht wahr? Es sind aber keine Schienen da!" Seine Stimme wird lauter und auch ängstlicher. Ich kann seinen Worten und meinen Augen nicht trauen. Zuerst habe ich gedacht, dass der Schnee alles bedeckt hätte und man deshalb nichts sehen konnte. Da der Mann aber anscheinend vorher schon gedacht hatte, dass die Schienen unterhalb des Schnees zu finden wären, steht er in einer von ihm selbst gegrabenen Grube von brauner Erde. „Keine Schienen.", sagt er kopfschüttelnd aber trocken. „Und vor dem Zug dasselbe Spiel." Ich sehe es, jedoch glaube ich es nicht. „Keine Schienen.", wiederholt er. „Aber... aber... wie ist denn das möglich?", frage ich. Antwort bekomme ich keine.

Gemeinsam gehen wir draußen an den Waggons entlang zum vorderen Ende des schwach beleuchteten Zuges. Auch hier sehe ich bereits Erde überall verteilt. Ich vergewissere mich, um mir selbst eine Bestätigung zu geben. Um meinen Verstand eine Bestätigung zu geben. Der Zug liegt mitten in der Landschaft. Und zwar ohne Schienen. Er liegt auf der Erde auf. Im Schnee. Von Schienen keine Spur. Träume ich etwa wieder schlecht? Ich zwicke mich über fünf mal. Nein, das fühlt sich leider nur an wie ein Traum, die Kälte jedoch ist real. Es hat bestimmt −15 Grad. Das hier ist leider kein Traum. So verrückt kann nicht mal ein Albtraum sein. Was uns hier passiert, ist real... so sicher war ich mir noch.

Jetzt kann ich plötzlich die ängstlichen, unruhigen Gesichter der anderen drei verstehen. „Weiß sonst noch jemand davon?", stottere ich. Ich habe schon seit Kindertagen mit dem Stottern aufgehört. Ich hatte es überwunden. Bis jetzt. Bis heute. Ich kann es einfach nicht glauben. Sicher bin ich nicht allein mit meiner Angst. „Nein, wir fünf sind die Einzigen.", erklärt mir der ruhige Ungar mit Vollbart, der trotz eines Akzents sehr gut Deutsch spricht. „Wir haben doch nicht alle geschlafen, wir sind zu Mittag hier liegengeblieben, weil uns der Weg versperrt war und der Sturm so stark. Und hier liegen wir immer noch. Wo sind die Schienen hingekommen?" Ich selbst habe keine Erklärung dafür parat, außer dass uns hier jemand kräftig verarschen will. Keinen Plan wie das bitte gehen soll, aber irgendjemand muss uns hier einfach auf den Arm nehmen. „Wir müssen zum Zugführer und ihm das ganze hier zeigen.", schlage ich vor. „Schön und gut, aber was soll der dann machen?", entgegnet mir der Ungar. „Wenn das jeder hier rausbekommt, dass wir in einem Zug sitzen, der im Nirgends steht ohne Schienen, rasten hier alle aus." Dem kann ich nichts hinzufügen im Grunde. „Entschuldigung, wie heißt du?", so der Ungar weiter. „Ich bin Alex." Angenehm, er sei Victor, das Mädchen seine Freundin Manuela, die beiden Typen Kumpels von ihm, Mario und Lucas. Alle so zirka in meinem Alter, nur Victor scheint etwas älter zu sein - oder zumindest lässt ihn sein buschiger Bart so aussehen. „Alex, siehst du hier irgendwo Leitungen, Strommasten, irgendetwas, was auf Zivilisation hindeutet?" Ich blicke mich kurz um, muss schließlich verneinen und irgendwie kommt mir die Sache immer seltsamer vor, je mehr ich darüber nachdenke. Wie ist das alles möglich? Ich als Skeptiker stehe mit beiden Beinen im Leben, habe noch nie etwas „Unglaubliches" erlebt und habe Berichte über seltsame Phänomene als Hirngespinste abgetan. Was sollte ich aber mit der jetzigen Situation anfangen? Ich bin überfordert, kann keinen klaren Gedanken mehr fassen. Da bin ich nun der harten Natur ausgeliefert und habe zum ersten Mal in meinem Leben keine Antworten auf Fragen, die ich mir seit geraumer Zeit stelle. Gemeinsam halten wir es für das Beste, vorerst unsere Entdeckung für uns zu behalten und steigen einer nach dem anderen wieder durch den letzten Waggon in den liegengebliebenen Zug ein. Der Zug, der für uns jetzt nach all dem was wir draußen gesehen haben, irrealer denn je wirkt. Ich schaue schnell bei meinem Abteil vorbei. Dort schlafen noch alle. Das ist gut. Ich kann meiner Freundin nicht zumuten, etwas davon zu erfahren. Ich würde ihr keine Antworten auf ihre

Fragen geben können, Gott ich weiß ja selbst weder ein noch aus. Also entscheide ich, sie weiter schlafen zu lassen. Wir fünf gehen schließlich ganz nach vorne, in der Absicht, nun doch mit dem Zugpersonal zu sprechen. Schaden kann es ja nichts. Beinahe an jedem Abteil, an dem wir vorbeigehen, schlafen die Menschen. Nur noch wenige sind auf und lesen Zeitung oder Bücher. Schließlich kommen wir ganz vorne an und klopfen an der Tür. Meine Uhr zeigt kurz nach 22:15 Uhr.

3

Als sich beim dritten Klopfen niemand meldet und auch keine Geräusche von innen zu vernehmen sind, breitet sich ein ungutes Gefühl bei uns aus. Zumindest bei mir. Nach weiteren drei Minuten ohne jegliche Reaktion von drinnen entscheiden wir uns schlussendlich, die Tür aufzubrechen. Victor erzählt mir, er denke, es sei für ihn kein Problem, die Tür gewaltlos aufzubekommen. Er nennt es „Kenntnisse einer missratenen Jugend", holt einen Dietrich und ein Schweizer Armeemesser aus seiner Tasche und grinst zu mir rüber. Nach Grinsen ist mir leider nicht mehr zu Mute, jedoch hoffe ich wie alle anderen, dass Victor die Tür geräuschlos öffnen kann, um keine Passagiere zu wecken. Nach wenigen Minuten macht es endlich klick und

die Waggontüre fällt nach innen auf. Der erste Raum, der scheinbar als Schlafraum für das Personal gedacht ist, ist leer. Wir machen die Türe langsam hinter uns zu und schreiten in den nächsten Raum, der ebenfalls mit einer Türe vom Schlafraum getrennt ist. Diese Tür ist nicht verschlossen und als wir sie öffnen, blicken wir dem grauenhaften Horror entgegen, der uns in dieser Sekunde versichert, dass das Schlimmste noch bevorsteht in dieser kalten Winternacht. Ein beißender Gestank dringt sofort in unsere von Kälte geprüften Lungen. Mein Reflex bringt mich dazu, mich sofort umzudrehen. Ich lehne mich auf die Türschnalle. Im Spiegelbild der silberglänzenden Türschnalle erkenne ich den Körper des Zugführers wieder, ohne Kopf lehnend auf einem Holzsessel in der Ecke des Raums. Der ganze Boden des Zimmers ist bedeckt mit Gedärmen und literweise Blut. Körperteile wie Arme und Beine lassen sich schnell erkennen. An den Scheiben des eingeschlagenen Fensters hängen Fingerteile und am Boden liegen hinabgefallene Fleischklumpen, verworren eingedreht in den blauen Uniformen des Zugpersonals. Im ganzen Zimmer sind sicher die Leichen von vier bis fünf Menschen verteilt. Menschen, die so aussehen, als wären sie durch den Fleischwolf gezogen worden.
Die Morde dürften bereits mehr als eine Stunde zurückliegen. Der kalte Wind braust durch das große zerschlagene Fenster herein und füllt den Raum mit feinen, weißen Schneeflocken und Eiseskälte. Von draußen hört man ein Heulen, jedoch glaube ich jetzt nicht mehr, dass dieses Heulen vom Wind kommt - das glaubt mittlerweile niemand mehr von uns.

Was zum Teufel ist hier geschehen? Es ist klar, dass der Mörder wohl kein Mensch gewesen sein konnte, es mussten ein oder mehrere Tiere gewesen sein, die durch das Fenster hereinkamen, um sich über die Mannschaft herzumachen. Doch warum nur die Zugmannschaft und keine Passagiere? Es wirkt sehr intelligent, zuerst das Zugteam außer Gefecht zu setzen. Können das wirklich wilde Tiere gewesen sein, oder will uns hier jemand verunsichern und mit uns spielen? Was geschieht hier? Wir haben keine Ahnung, was auf uns noch zukommt. Diese Nacht ist noch lang. Zu lang. Voller Schock gehen wir zurück in das Schlaf- und Aufenthaltsabteil des mittlerweile toten Zugpersonals. Wir sind also allein, ohne jemanden, der sich mit dem Zug auskennt. Allerdings, so Victor, ist das so gesehen keine große Tragik, da der Zug sowieso nicht fahren kann, ob Sonnenschein oder Wintersturm – die Schienen sind schließlich immer noch nicht da. Wie Recht er eigentlich hat. Ich muss über meine Dummheit selbst schmunzeln. Wir sind nur fünf Leute von über 250 Personen, die über die aktuelle Situation Bescheid wissen. Die Mehrheit schläft bereits, nur Vereinzelte sind noch wach und warten auf Neuigkeiten, die vom Zugteam jedenfalls nicht mehr kommen werden, wie wir fünf wissen. Wir beraten, ob es das Klügste wäre, die Passagiere zu unterrichten. Wir müssen uns jetzt folgende Fragen stellen: Was wollen wir jetzt tun? Was ist, wenn der Zug wieder angegriffen wird? Wie können wir uns wehren? Wie können wir hier weg, mit dem Zug geht ja bekanntlich nichts... Fragen über Fragen, die Antworten liegen in weiter, verschneiter Ferne.

Lucas, Victors Freund, beginnt schlussendlich eine Geschichte zu erzählen, die all das erklären könnte, was mit uns geschehen war, wie er selbst sagt. Eine Geschichte, die jedoch nur auf große Augen und ungläubiges Kopfschütteln bei uns stößt. Jedoch, eines muss man schon sagen: Lucas hat eine Antwort. Es ist vielleicht nicht die richtige (es ist ganz sicher nicht die richtige!), aber er hat zumindest eine, die es erklären konnte, was hier mit uns allen geschieht.

Zusammengefasst formuliert es Lucas so: Was wäre, wenn der Zug durch den heftigen Sturm irgendwie in ein Paralleluniversum geschoben wurde? Lucas erklärt die fehlenden Schienen damit, dass wir in diesem Universum zwar an derselben Stelle wie vorher in unserem Universum vor dem Sturm sind, jedoch in diesem Paralleluniversum, wie er es nennt, gibt es keine Schienen - der Zug ist also hier gestrandet. Er liegt an derselben Stelle wie kurz vor dem Sturm, nur nicht in der richtigen Welt. Eine Welt ohne Schienen und eben auch ohne Telekommunikation, vielleicht auch ohne Menschen. Sieht man hier irgendwo Masten oder Anzeichen für Technologie? Nein. Es ist nur die Landschaft da. Und in dieser Welt kann eben alles passieren. Was wäre, wenn hier Dinge existieren, von denen wir noch nie etwas gehört haben, allerhöchstens in unseren schlimmsten Albträumen?

Albtraum. Da ist wieder dieses Wort. Das Ganze hier scheint ein schrecklicher Albtraum zu sein, aus dem ich unbedingt aufwachen möchte. Was aber nicht geht, denn es ist leider kein Traum. Nein, das ist die Realität. Dass die Erklärung, die Lucas für das Ganze hier hat die Realität ist, wage ich stark zu bezweifeln. Für mich klingt das alles zu sehr nach Science-Fiction. Sicher ist aber, dass Lucas' Erklärung all das erklären würde... es wäre eine Möglichkeit, die Sinn ergibt, jedoch zu weit weg von unserem Verständnis von Logik und Wissenschaft liegt. Nein, seine Erklärung ist sicher nicht richtig, sie ist jedoch die einzige, die wir haben, um uns auf das Wesentliche zu konzentrieren. Nämlich wie wir hier wieder rauskommen, aus dem ganzen Schlamassel. Victor fragt Lucas: „Wenn das alles stimmt, du Schlaumeier, dann sag uns wie wir wieder in unsere Welt kommen?" Woher soll er das wissen, entgegnet Lucas. Alles was er habe, sei seine Fantasie, die ihm nur diese eine schwachsinnige Erklärung liefert. „Wenn es tatsächlich eine andere Welt ist, in der wir uns befinden, dann haben wir selbst keine Macht darüber, ob wir wieder in unsere kommen. Vielleicht sind wir gefangen, für immer. Es weiß niemand, wo wir sind. In unserer Welt dürfte der Zug einfach nicht mehr da sein, ohne Anhaltspunkte, und wir sitzen hier im absoluten Nirgendwo fest.", so Lucas. Wenn es einen Weg hierher gab, muss es einen zurück geben, werfe ich ein. Mir wird langsam die Diskussion zu viel. Es gibt bestimmt einen, so Lucas, aber den können wir selbst nicht beeinflussen. „Irgendetwas hat der Sturm bewirkt, irgendeine elektromagnetische Störung hat uns in eine Welt gebracht, von der wir keine Ahnung haben. Und das was ich euch jetzt sage, meine Kollegen, ist nicht cool: In dieser Welt ist alles möglich. Alles Schreckliche, was wir nur aus Legenden kennen, aus Büchern, aus unseren Albträumen. Was wäre, wenn der Mörder unserer Crew kein normales Tier oder kein normaler Mensch war? Es kann alles sein...", so Lucas, „stellt euch mal vor, tausende Möglichkeiten. Wir sind im Arsch! Wir müssen hier weg!"

Ich teile Lucas' Meinung nicht und ich als Skeptiker bin fest davon überzeugt, dass es eine andere Erklärung dafür geben muss. Eine sachliche, selbstverständlich. Ich selbst habe zwar keine Erklärung für den grauenhaften Mord und für die fehlenden Schienen, jedoch bemühe ich mich ernsthaft auf dem Teppich zu bleiben. Was hätte es denn für einen Sinn, wenn wir uns alle so wie Lucas unserer Fantasie hingeben? Wir würden verrückt werden.

Es ist jetzt mittlerweile 23:30 Uhr und der Wind ist beinahe zu einem Lüftchen abgeschwächt. Trotzdem vernehmen wir weiter ein Heulen von draußen. Der Vollmond zieht währenddessen in hohem Bogen seine Bahnen über unseren liegengebliebenen Zug mitten im Nirgendwo.

4

Die Bestien sind da draußen und warten nur darauf, sich jeden von uns zu schnappen. Aber wo sollen wir hin? Wir wissen, dass wir in der Falle sitzen. Im Moment haben wir zwei

Möglichkeiten: Entweder versuchen wir die Nacht im Zug zu überstehen, hoffend dass uns diese Grauen erregenden Kreaturen nicht finden werden, um bei Tageslicht die Gegend zu erkundschaften, oder wir verschwinden fluchtartig sofort von diesem unheiligen Ort, wo uns eigentlich sowieso nichts mehr hält. Ich meine, wir haben doch keine Schienen, oder? Und deshalb auch keine Möglichkeit, mit dem Zug weiterzukommen, hab ich Recht? Natürlich habe ich Recht, das weiß jeder. Und jeder von uns fünf weiß von den beiden Möglichkeiten, die uns noch bleiben. Aber welche war die beste? Wir stimmen ab. Lucas ist gegen den Vorschlag, dass wir bis Tageslicht im Zug bleiben. Er will so schnell wie möglich von hier verschwinden – er hat Angst. Wir alle haben Angst. Das Ergebnis lautet 4:1. Wir bleiben also alle vorerst hier, und bereiten uns auf die wohl längste Nacht auf Erden vor. Oder zumindest glauben wir, dass wir noch auf Erden sind, obwohl ich mir die Hölle nicht schlimmer vorstellen kann, um ehrlich zu sein...

Wir gehen wieder zum letzten Waggon zurück. Victor schafft es mühelos, das Türschloss zum Personalabteil wieder zuzusperren. Immerhin wollen wir erstens vermeiden, dass dort durch das zerbrochene Fenster jemand oder etwas hereinkommt, um bei uns in den Passagierwaggons herumzuspazieren, zweitens wollen wir verhindern, dass vor morgen Früh jemand das tote Personal oder das was davon übrig ist zu Gesicht bekommt. Es ist kurz nach Mitternacht als wir Waggon für Waggon durchschreiten. Beinahe alle schlafen tief und fest und haben nicht den blassesten Schimmer, wie tief wir alle in der Tinte sitzen. Alle schlummern und glauben, morgen sei alles wieder in Ordnung. Der Sturm würde sich gelegt haben und wir würden endlich weiterfahren können. Ja, das ist eine schöne Vorstellung – leider wird nichts davon eintreten. Die grausame Wahrheit ist nämlich, dass wir hier festsitzen – wir wissen leider nicht genau wo wir sind oder warum wir hier sind, auf jeden Fall sind wir nicht mehr da, wo wir mit dem Zug liegengeblieben sind. Das wird niemand verstehen... ich verstehe es ja selbst nicht. Am schlimmsten wird es sein, meiner Freundin das Ganze erklären zu müssen, was hier vor sich geht. Aber ok, das soll mich morgen beschäftigen. Jetzt habe ich noch andere Probleme vor mir. Die Nacht, zum Beispiel. Und wie wir sie alle heil überstehen, denn da draußen gehen Dinge vor, die sich niemand vorstellen kann und will. Schreckliche Dinge, mit denen wir in unserer Welt nichts zu tun haben, die aber hier, egal wo sich das jetzt befindet, unser aller Ende bedeuten können. Ja, es gilt die Nacht gut zu überstehen. Nur das ist jetzt wichtig.

Wir kommen schlussendlich beim letzten Waggon an. Ich sehe kurz in mein Abteil, meine Eva schläft noch immer tief und fest. Sie hat noch überhaupt keine Ahnung, was um sie herum geschieht. Für sie hat sich die Welt noch nicht geändert... für sie ist die Welt noch wie gestern, obwohl sie es eigentlich nicht mehr ist. Bald, mein Schatz. Bald wirst du kein Auge mehr zumachen können, wenn du weißt, was ich weiß.

„Alex, komm schnell her!", flüstert Victor aufgeregt, der am Ende des Waggons steht und reißt mich damit aus meinen Gedanken um meine Freundin Eva. Schnell und perplex laufe ich zu den

anderen, die sich an der hinteren Waggontür versammeln und nach draußen starren. „Sieh nach draußen... sieh genau hin!", betont Mario nervös. Aber ich muss gar nicht genau hinsehen. Mir jagt ein Schauer über den Rücken, der gar nicht mehr aufhört. Ich will mich auf der Stelle unter einer warmen Decke verstecken und nichts mehr wissen von dieser Horror-Welt. Aber es geht nicht. Es ist alles Realität. Realität sind leider auch die leuchtenden, tiefroten Augenpaare, die uns von allen Seiten her anstarren. Sie starren in uns hinein. Und wir starren einfach nur zurück. „Was sind das für Kreaturen?", so Lucas. „Ich weiß nicht, aber du wolltest heute Nacht noch eine Wanderung machen?", entgegnet ihm Mario. Ich bin mir sicher, dass diese Wesen, was immer sie auch sind, für den Tod der Zugmannschaft verantwortlich sind. „Solche Tiere gibt es in unserer Welt nicht", so Lucas, „Leute, wir sind nicht mehr zuhause... seit dem Sturm nicht mehr. Ich weiß nicht wo wir sind, aber es scheint ein düsterer und finsterer Ort zu sein, der nur eine optische Ähnlichkeit mit unserer Erde hat." Ein Schauer nach dem anderen jagt mittlerweile meinen Rücken hinunter.
„Ich zähle sechs. Du, Alex?", fragt mich Victor nüchtern, der neben mir aus dem Fenster starrt. Ich bin wie steif gefroren. Durch den vollen Mond und durch den Schnee kann man ziemlich gut sehen. Die Wahrheit ist, ich zähle weit mehr. Ich will es aber nicht sagen. Die Realität schlägt mir wieder unvorbereitet ins Gesicht. Nüchtern betrachtet, sehe ich dass die Augenpaare sehr hoch oben liegen. Ein paar davon sind sehr nahe am Boden. Ich vermute, dass einige dieser schwarzen Wesen gebückte

Haltung angenommen haben und einige aufrecht stehen. Man sieht nur die leuchtenden blutroten Augen, den durch und durch schwarzen Körper und Umrisse von spitzen Fellohren. Der heiße Atem, der an die eisig kalte Winterluft abgegeben wird, lässt das Maul dampfen. Wir fünf starren aus dem Fenster und sie starren einfach nur zurück. Das Grauen wartet da draußen auf uns. Das spüren wir. Wir spüren, dass das, was da draußen auf uns wartet, etwas Unmenschliches ist. Wir spüren die Anwesenheit des Bösen. Und jetzt fällt mir mein Traum am frühen Abend wieder ein. Ein denkbar schlechter Zeitpunkt für mein Gedächtnis, sich wieder bei mir zu melden. Das, was es bei uns nicht gibt, ist hier möglich, hat Lucas vor einiger Zeit mal zu uns gesagt. Ich als Skeptiker, der mit beiden Beinen im Leben steht, habe damit meine Probleme. Aber was soll ich machen? Ich sehe diese Kreaturen da draußen und kann mir leider nicht einreden, dass sie eigentlich nicht da sein dürften. Denn sie sind da – ohne Zweifel. Ich kann sie mir leider nicht wegwünschen. Für eine innere Krise und einen Glaubenszwiespalt ist hier kein Platz. Gut, was also tun? Wie kämpft man oder wie wehrt man sich gegen etwas, das eigentlich nicht existieren dürfte? Wenn mir mein Verstand sagt, dass diese Horde von Werwölfen da draußen nur in meinem Kopf oder in schlechten Filmen existieren? Meine Augen sehen dennoch etwas anderes... sie sehen diese Kreaturen. Und diesmal muss ich meinen Augen trauen. Was also tun? Sie werden uns nicht ewig nur anstarren...

5

Es ist 00:45 Uhr. Da wir nun alle ungefähr wissen, was uns da draußen erwartet und welchen Namen wir für diese Wesen in unserer Welt haben, bleibt nur zu hoffen, dass sie nicht hier herein kommen. Noch ist alles still. Wir wissen nun auch, dass das Heulen schon lange nicht mehr vom Wind kommt. Und da der Vollmond zurzeit beinahe unbedeckt am Himmel steht, können wir eins und eins zusammenzählen. Wir fünf machen den Entschluss uns aufzuteilen: Eine Gruppe bleibt hier und bewacht den hinteren Teil des Zuges während der andere Teil wieder nach vorne zum Personalabteil geht. Victor und ich nehmen die Aufgabe wahr, uns um den vorderen Teil des Zugs zu kümmern. Mario, Lucas und Manuela bleiben hinten. Als der bärtige Ungar und ich durch die mittlerweile dunkelgewordenen Gänge der Waggons nach vorne schleichen, sehen wir stets aus dem Fenster. Von überall starren uns diese roten Augen gierig an, als würden sie nur darauf warten, dass wir ein Fenster aufmachen oder einen anderen Fehler begehen. Türen konnten sie allerdings nicht aufmachen, sonst hätten sie es wohl vorher schon geschafft, als sie die Gelegenheit dazu hatten. Wahrscheinlich wurde das Seitenfenster gekippt, nicht richtig verschlossen oder gar offen gelassen – so waren sie möglicherweise hereingekommen, diese Ausgeburten der Hölle.

Luzifer persönlich könnte nicht hässlicher sein als dieses Wolfswesen.
Wir kommen vorne an und lauschen an der verschlossenen Türe zum Personalabteil. Nichts zu hören. Wahrscheinlich wissen sie, dass sie hier nicht reinkommen werden. Sie werden etwas anderes versuchen, da bin ich mir sicher. So einfach werden die nicht aufgeben. Die Nacht ist noch lang und sie haben mindestens noch fünf Stunden Zeit, ihre Pranken in unsere Körper zu hauen und uns zu verspeisen wie die Zugmannschaft. Jetzt sind sie erst richtig auf den Geschmack gekommen... das wird noch eine angenehme Nacht. „Da wird wohl kaum ein Nickerchen drin sein...", scherze ich zu Victor.
Meine Armbanduhr zeigt halb zwei an, als wir es auf dem Dach rumpeln hören. Victor und ich wissen sofort, wer oder was das nur sein konnte. Diese Wesen scheinen extrem intelligent zu sein – sie suchen nach einem Eingang. Und tatsächlich muss es wohl einen oder mehrere geben, denn ich kann mir nicht vorstellen, dass Waggons ohne einen Notausgang nach oben konstruiert werden. Wir müssen diese Notausgänge finden und verhindern, dass die Biester der Hölle hier hereinkommen, denn sind sie einmal hier drinnen, dürfte es sehr schwierig werden, diese Nacht zu überleben. Victor und ich laufen die Waggons ab und suchen nach Notausgängen an der Decke. Tatsächlich finden wir drei an der Zahl bis wir wieder hinten bei Mario, Lucas und Manuela ankommen, wo einer verstörter wie der andere wirkt.
Wir teilen uns erneut auf. Mario und Manuela werden zum ersten Notausgang im vorderen Teil des Zuges geschickt, Lucas

zum zweiten und Victor und ich bewachen den dritten im letzten Waggon. Ich hatte darum gebeten, den dritten bewachen zu dürfen, da eben im selben Waggon meine Freundin schläft und ich sie nicht alleine lassen will. Wenn ihr irgendetwas zustößt, könnte ich mir das nie verzeihen. Immerhin ist es meine Idee gewesen mit dem Zug Urlaub zu machen. Es sei billiger als mit dem Flugzeug, habe ich gesagt... ich hoffe nur, diesen Urlaub nicht mit dem Leben bezahlen zu müssen...

Leider haben wir alle nicht viel, dass wir einem hereinkommenden Werwolf entgegensetzen könnten. Im Personalabteil haben wir drei Metallstangen gefunden. Jede Gruppe wartet jetzt mit einem solchen Teil unter einem der Notausgänge auf die lauernde Bestie. Mehr haben wir leider nicht zu bieten. Victor hat zusätzlich noch seinen Revolver mit fünf Schuss, wenn es wirklich ernst werden würde. „Du wirst wohl keine Silberkugeln haben, oder Victor?", sage ich scherzhaft zu ihm. Er versteht dabei keinen Spaß und erwidert mit ernster, besorgter Miene: „Nein, leider nicht, mein Freund." Das große Warten und Lauschen beginnt.

6

Immer wieder sehen wir nach draußen und erkennen überraschenderweise nicht mehr so viele rote Augen wie noch vor einer Stunde. Nur noch ein paar. Auf dem Zugdach über uns hören wir auch keine Schritte mehr, kein Schleichen und kein Kratzen. Es scheint so, als würden die Wolfsmenschen aufgeben. Wir wünschen uns, dass das Rudel endlich abziehen würde. Alle Fenster sind dicht, alle Ausgänge verschlossen, hier würde man nicht so schnell hereinkommen. Draußen ist es windstill geworden, heulen ist nur noch in der Ferne zu hören. Langsam aber sicher werden wir wieder ruhiger. Alle Passagiere des Zuges 194 schlafen jetzt und das Werwolfrudel scheint den Rückzug anzutreten. Ich habe jetzt schon seit 15 Minuten keine roten Augen mehr draußen erkennen können. Noch ist keine Jubelstimmung angebracht, aber unsere Situation scheint jetzt wieder etwas besser zu werden.

Dasselbe scheint sich in diesem Moment Lucas gedacht zu haben. Er steigt aus dem Waggon nach draußen in den kalten Schnee. Eine schnelle Zigarette an der eisig kalten Nachtluft zu rauchen, was gibt es Schöneres? Das wird den Kreislauf wieder in Ordnung bringen. Lucas hat schon ewig nichts mehr Ungewöhnliches draußen beobachten können, und er hält es für sicher, jetzt kurz nach draußen zu können. Als er seine Zigarette anzündet, verbrennt der Tabak in einem schönen orange-roten

Licht. Lucas hat ja keine Ahnung, dass zu diesem Zeitpunkt bereits zwei Augenpaare gierig seine Bewegungen verfolgen. Sie wittern auf der Stelle das saftige, weiche Fleisch eines Menschen und schon sind sie wieder da. Zwei an der Zahl, die die Geduld hatten, noch länger als alle anderen zu warten. Das Warten hat sich für sie gelohnt. Der eine Wolf sitzt zwischen zwei Waggons, Haltung gebückt, an seinen Lefzen hängt ihm noch das Fleisch des letzten Menschen, das Fleisch des Zugführers, herunter. Seine schwarzen spitzen Ohren angelegt an seinen länglichen Kopf mit einer mittellangen Schnauze, die schreckliche Zähne beherbergt. Seine Sprunggelenke angespannt, bereit zum Angriff. Der andere hungrige Wolf sitzt noch immer auf dem Dach und hat sich mittlerweile genau über Lucas positioniert. Seine scharfen Klauen ausgefahren, sein heißer Atem sich mit der kalten Winterluft vermischend. Bald wird es geschehen. Im Moment ist es ausgesprochen still. Lucas, der genüsslich seine Zigarette raucht, bemerkt erst im allerletzten Moment kurz vor seinem Tod einen überaus üblen Gestank nach nassem Fell, ehe er völlig überrascht von dem oben sitzenden Tier in zwei Teile gerissen wird. Kurz vor seinem endgültigen Tod schreit Lucas was das Zeug hält, bevor sich die beiden riesigen Mäuler in seinen athletischen Körper graben. Die Eisenstange lehnt an der offenen Zugtüre.
Mario hört die schnell verstummten Schreie seines Freundes und rennt mit aller Kraft und Gräuel, die Eisenstange in den Händen haltend, in Richtung Lucas. Als er die Tür zu Lucas' Waggon aufstößt, sieht er auf einmal den riesigen Wolf in der

Türe stehen. Auf den Hinterbeinen aufrecht stehend, berührt das Fell seiner Ohren die Decke. Der schwarze Teufel schnaubt und aus seinem triefenden Maul läuft frisches Blut mit Speichel vermischt. Mario, wie von Sinnen, läuft wie der Teufel selbst mit der Brechstange auf ihn zu und versetzt dem Werwolf einen so schweren Schlag, dass das Monster aus dem Gleichgewicht kommt und wahrscheinlich ebenso verwundert von der Tat von Mario ist, wie Mario selbst. Das Wesen gerät ins Schwanken und durch einen kräftigen Schubs des stämmigen Ukrainers wird das Untier aus dem Waggon gestoßen. Mario kann seine Kräfte kaum fassen, jedoch ist er nicht schnell genug die Waggontür sofort zuzumachen, denn der riesige Wolf schnappt nach seiner Hand und gräbt seine scharfen Zähne in seinen Arm hinein. Im Wahn kann sich Mario fortreissen, befördert das Monster mit einem Fußtritt endgültig nach draußen und schlägt endlich die Waggontüre zu. Schwindelig und übel vor Schmerzen sieht er den völlig zerfetzten Leichnam seines besten Freundes draußen im Schnee liegen. Der Körper in einem Umkreis von fünf Metern verstreut. Die beiden großen Wölfe mit blutverschmiertem Maul streiten sich um die letzten essbaren Teile von Lucas. Außer Puste kommen die anderen drei der Gruppe angerannt.

Voller Angst blicken wir aus dem Fenster und erkennen Lucas' blaue Jacke unter den Fleischfetzen. „Geht's dir gut, Mario?", fragt Victor hastig. „Nein... so ein Mistvieh hat mich gebissen. Haben wir hier irgendwo einen Verbandskasten?"

Uhrzeit: 03:00 Uhr morgens. Wir hoffen, bald Tageslicht erblicken zu können. Klar ist, dass niemand mehr bis Sonnenlicht den Zug verlassen darf. Lucas' Aktion war für alle Menschen im Zug eine große Gefahr, die er selbst mit seinem Leben bezahlen musste. Und Mario musste sie mit einer schweren Verletzung bezahlen, die wir dennoch schnell verbunden hatten. Manuela, die schlanke ungarische Freundin von Victor, arbeitet als Krankenschwester in Wien und ist somit eine echte Fachfrau auf diesem Gebiet. Da haben wir echt Glück. Ich hoffe nur, dass das was über Bisse und Verletzungen von Werwölfen in der Literatur oder in Filmen zu finden ist, nicht der Realität entspricht. Wenn das nämlich wahr wäre, hätten wir ein großes Problem mehr, hier heil raus zu kommen. Ich behalte vorerst meine Ängste für mich, doch mir fällt an den Gesichtern der übrigen auf, dass ich mit diesen beängstigenden Gedanken nicht alleine bin. Was ist jetzt Realität und was nicht? Langsam wird es immer schwieriger, diese Dinge zu unterscheiden. Können wir unseren eigenen Augen überhaupt noch trauen?

Noch mindestens zwei volle Stunden bis Sonnenaufgang, die Angst ist jedoch nicht weniger geworden...

7

Wie soll es nun weitergehen, stelle ich mir immer wieder als Frage. Finde darauf jedoch nie eine Antwort, die auch nur im Entferntesten zufriedenstellend wäre. Fakt ist, dass wir hier festsitzen und nicht darauf hoffen dürfen, dass uns hier irgendjemand findet oder rettet. Ich spreche also mit den anderen drei Verbliebenen. „Victor, mal angenommen, das da draußen sind diese Art von Wesen, von denen wir annehmen, dass sie es sind. Ihr wisst, wovon ich rede. Es würde heißen, dass sie bei Sonnenaufgang verschwunden sind. Immerhin ist nur einmal im Monat Vollmond, sie würden also nicht wiederkommen in den nächsten Tagen. Bis dahin hätten wir also Zeit, etwas zu unternehmen." „Alex, alles schön und gut. Wenn es diese Höllenhunde tatsächlich sind, dann dürftest du Recht haben. Es gibt jedoch eine Sache zu bedenken: Wenn Lucas Recht hatte mit seiner Theorie, dann ist das nicht unsere Welt. Dann sind das nicht die Regeln, die wir in unserer Welt haben. Dann muss es rein theoretisch nicht hell werden in dieser Welt. Dann kann hier der Vollmond durchgehend scheinen. Verstehst du was ich meine?" Ich verstehe leider nur zu gut. „Lass uns noch drei Stunden warten, ja? Dann wissen wir, ob es hier überhaupt einen Sonnenaufgang gibt. Denn wenn nicht, sitzen wir tatsächlich in der Hölle."

Victors Worte machen mir Angst. Sie machen jedem hier Angst. Mario und Manuela stehen einfach nur da, mit leerem Blick, und

können noch immer nicht glauben, was hier soeben geschehen ist. Lucas ist nicht mehr da. Und um den Zug hüllt sich eine bestialische Dunkelheit. Draußen ist es ganz still geworden. Seit einiger Zeit ist auch kein Knurren und kein Fressgeräusch mehr zu hören. Es scheint fast so, als würden die wilden Tiere nicht noch auf einen weiteren Fehler unsererseits warten.
Plötzlich überkommt mich eine noch nie da gewesene Müdigkeit. Ich lasse mich auf den engen Waggongang sinken und schließe meine Augen. Für einen kurzen Augenblick vergesse ich diese Welt und unsere und gebe der Müdigkeit nach.
Die langsam aufgehende Sonne weckt mich mit sanften und warmen Sonnenstrahlen, die durch die großen Waggonfenster auf mein Gesicht fallen. Schnell bemerke ich, dass Victor und die anderen bereits wach sind. „Habt ihr geschlafen?", meine Frage in die Runde. „Kaum.", so Victor knapp. „Die anderen im Zug schlafen noch." Es ist bereits viertel nach sieben. „Habt ihr die Kreaturen noch sehen können?", möchte ich wissen. „Nein, sie scheinen fort zu sein. Anscheinend gibt es in dieser Welt doch eine Sonne. Unser Glück.", meint Victor etwas sarkastisch. „Ja, zum Glück.", und reibe mir dabei die Augen. „Das ist die gute Nachricht.", so Victor. Ich muss schlucken. „Und die schlechte?" „Na sieh dich doch einmal um, Kollege. Alles nur weiß. Weit und breit kein Ende dieser weißen Wüste. Neben uns ist ein kleiner Wald, den haben wir ja gestern Nacht schon beobachten können." Zuerst vergewissern wir uns, dass die Schienen immer noch nicht da sind, kann ja sein, dass wir alle gestern nur schlecht geträumt hatten. Unsere stupiden

Hoffnungen müssen wir schnell wieder begraben, denn es ist alles Realität: die fehlenden Schienen und die zerfetzten Überreste von Lucas draußen vor der Waggontür. Selbst Marios Biss von einer dieser hässlichen, haarigen Kreaturen ist noch immer real. Wir können also nicht mehr hoffen, dass alles ein böser Traum war. Das hier ist die Realität. Ob es uns passt oder nicht.

Wir müssen irgendwie versuchen, aus dieser Hölle auf Erden, oder eben woanders, rauszukommen. Und vor allem: Wir sind uns einig, dass wir aus diesem Zug hier rausmüssen. Denn wir kommen hier nicht weiter. Das wissen wir. Keine Telekommunikation. Niemand weiß, wo wir sind. Und die nächste Nacht wird bestimmt kommen... und mit ihr neues Unheil, da bin ich mir sicher. Also muss jetzt beratschlagt werden, was getan wird. Immerhin wachen sicher in wenigen Minuten die ersten Passagiere auf. Was werden wir ihnen sagen? Welche Erklärung haben wir parat? Wir müssen uns beratschlagen, wie wir nun weiter vorgehen sollen. „Victor, die ersten Leute werden bald aufwachen. Und sie werden Fragen stellen. Was sollen wir tun? Was machen wir jetzt?" „Ich würde vorschlagen, wir trommeln alle draußen zusammen. So wie ich das sehe, haben wir wenn es hell ist zunächst mal nichts zu befürchten von diesen Kreaturen." „Das ist eine reine Vermutung, hab ich Recht?" „Alexander, ich weiß nicht wo wir sind... natürlich ist das eine Vermutung, aber wir können eben nur schlussfolgern. Und da ich diese Tiere schon seit längerer Zeit nicht gesehen habe und ich nur von den Monstern der Erde ausgehen kann (die es nebenbei bemerkt bei uns gar nicht gibt), muss ich einfach davon ausgehen, dass wir bei Tageslicht sicher sind. Oder hast du eine andere Idee?" „Nein, du hast Recht, an irgendetwas müssen wir uns ja festhalten können." „Also... wir versammeln alle Leute draußen auf der anderen Seite des Zuges, damit sie die Leiche von Lucas nicht sehen müssen und schildern ihnen sachlich die Situation, so wie wir sie erlebt haben." „Das klingt vernünftig. Aber wie willst du ihnen erklären, dass die Schienen nicht mehr da sind, dass blutrünstige Bestien unsere Zug-Crew aufgefressen haben und dass wir hier im absoluten Nirgendwo festsitzen?" „Das werde ich auch nicht. Sondern du, mein Freund."

8

Abermals muss ich schlucken. Warum ich? Sicher, ich habe natürlich gewisse sprachliche Vorteile gegenüber Victor. Es ist traurig, aber selbst in der heutigen Zeit hat man mehr Vertrauen in einen Menschen, der gut deutsch spricht, als in einen Ausländer. Und da über 90 % in diesem Zug deutschsprachiger Herkunft sind, liegt es nahe, dass ich es den Leuten erklären muss. Welch eine Ehre. Mal davon abgesehen, dass mir niemand glauben wird. Verdammt, ich glaub es ja nicht einmal selbst.

Die Uhr zeigt jetzt 7:30 Uhr, viele Passagiere sind bereits munter und gehen in den Waggons herum. Auch meine Freundin Eva blickt verschlafen und unglücklich aus ihrer Decke. Victor und ich wissen, dass jetzt der einzig richtige Zeitpunkt ist, die Leute zusammenzutrommeln, ehe jemand die Leiche von Lucas im Schnee draußen entdeckt. Der gute Victor geht also von hinten nach vorne durch die einzelnen Waggons und verkündet lautstark, dass sich alle warm anziehen und nach draußen bewegen sollen. Ausstieg auf der rechten Seite in Fahrtrichtung. Dort warte heißer Tee und Baguette auf uns alle. Anordnung des Personals. Mit dieser Lüge wandert er vom letzten Waggon bis zum ersten. Er weiß ganz genau, er kann nur mit etwas Essbarem und heißen Getränken die Leute dazu bringen, einen Schritt in die weiße, kalte Hölle nach draußen zu setzen. Und er scheint tatsächlich Erfolg damit zu haben. Nahezu alle Passagiere steigen aus. Es gleicht einem Wunder. Was so ein paar falsche Versprechungen bewirken können...

Eva ist bereits munter und fragt mich, ob das stimmt und warum ich so aufgeregt bin. Ich bitte sie um Geduld und verspreche ihr, sie werde es gleich mit den anderen erfahren. Weiters sage ich, sie soll sich keine Sorgen machen. Der größte Witz des Tages, wenn ihr mich fragt. Ich selbst steige nun nach draußen, als ich den ansteigenden Lärmpegel mitbekomme. Eva völlig perplex mit mir. Es sind zwischenzeitlich schon äußerst viele Menschen ausgestiegen, als ich weiter nach vorne in den tiefen Schnee stapfe. Eva bleibt einen Meter vor dem Zug stehen und fragt mich, was das solle. „Ich werde dir alles erklären." Sie macht einen bekümmerten Ausdruck. „Ich habe Hunger!", höre ich noch von ihr, als ich immer weiter nach vorne in den Schnee hinein stapfe. Es scheint die Sonne. Nahezu blauer Himmel. Ein fast freundliches Wetter, könnte man meinen. Völlig gegensätzlich zur allgemeinen Stimmung. Das Stimmendurcheinander wird schließlich immer lauter und hektischer. „Fertig!", höre ich Victor ganz weit hinten am anderen Ende des Zuges schreien. Damit meint er wohl, es seien alle informiert worden. Tatsächlich befindet sich nun bereits eine riesige Menge unmittelbar vor dem Zug und die anderen stehen in den Türen zu den Waggons. „Wo ist der Tee?" „Wann bekommen wir denn endlich etwas zu trinken?" „Sind Sie der Zugführer?" „Wann können wir wieder weiterfahren?" Ein fürchterliches Durcheinander von Fragen schlägt auf mich ein, nicht einmal die Hälfte davon kann ich wirklich verstehen. Victor läuft in meine Richtung, während ich endlich mit meiner „Rede" beginne. Die ersten Worte von mir werden fast vollständig von der unglaublichen Lärmkulisse verschluckt. Ich höre beinahe mein eigenes Wort nicht mehr. „Bitte Ruhe alle miteinander!!", schreit plötzlich Victor in die Menge hinaus, und kommt schlussendlich bei mir an. „Ich habe Ruhe gesagt!!!", Victor noch einmal mit Nachdruck. Der Mann hat eine Stimme, kann ich euch sagen. Wow... außer ein paar Huster war plötzlich nichts mehr zu hören. „Jetzt hört mal alle zu", fährt er fort, „dieser Mann hier hat Ihnen allen etwas sehr Wichtiges zu sagen und ich möchte, dass Sie genau zuhören. Dieser Mann spricht die

Wahrheit. Ich bitte Sie, Alexander, erzählen Sie uns, was wir zu dem jetzigen Zeitpunkt wissen..."

Victor hat es geschafft: Das Publikum wartet. Die Spots sind auf mich gerichtet. Ein „falsches" Wort und sie werden mich in der Luft zerreissen. Ich fühle, dass das zu erklären, sehr schwierig werden wird... aber was soll ich machen? Also fange ich einfach an:

„Gestern Nacht haben sich schwerwiegende Ereignisse in und um unseren liegengeblieben Zug ereignet." Ein Murren geht plötzlich in der Menschenmenge um. Um nicht weiter unnötige Geräuschkulisse zu erzeugen fahre ich schnell fort: „Wie ihr alle wisst, sind wir gestern so gegen Mittag an dieser Stelle mit dem Zug liegengeblieben. Am Anfang dachten wir alle, es war der Schneesturm, der uns aufhielt. Dem war jedoch nicht so. Einen Schneesturm gab es schon, jedoch ist er nicht der Grund, warum wir heute an diesem sonnigen Tag nicht weiterfahren können. Wie sich gestern am späten Abend herausstellte, konnten wir wegen eines anderen Grundes nicht weiter: Wie ein paar Passagiere, darunter Victor und ich feststellen mussten, steht der Zug nicht oder nicht mehr auf Schienen. Es gibt einfach keine Schienen mehr." „Was soll das heißen, es gibt keine Schienen? Sind Sie bekloppt oder was?", meint ein dicklicher Deutscher in der ersten Reihe. Viele andere schreien irgendetwas, was ich mittlerweile nicht mehr verstehen kann. Der entstandene Tumult und die Aufregung unter den Leuten ist wieder so groß, dass Victor erneut in die Menge reinbrüllen muss und für Ruhe sorgt. Lange kann er das wohl nicht mehr schaffen, weiß ich. Die

Menschenmenge bricht langsam aber sicher in Panik und Aggression aus. Wieder beginne ich: „Ich selbst habe keine Erklärung dafür. Fakt ist, es fehlen sämtliche Schienen für den Zug. Doch das ist nicht alles. Unser gesamtes Zugpersonal wurde in der vergangenen Nacht von wilden Tieren auf bestialische Art und Weise ermordet." Den Begriff Werwolf unterschlage ich ihnen lieber erst einmal. Noch ehe die Menschenmenge wieder dazwischen schreit, fahre ich schnell fort: „Das hört sich alles sehr unglaubwürdig an, aber es stimmt. Sie können sich davon selbst überzeugen, wenn Sie wollen. Wir haben jetzt nur eine begrenzte Anzahl von Möglichkeiten." Ich sehe zu Eva rüber. Sie steht ganz still auf der Seite und starrt mich an, so weiß im Gesicht, als würde sie jeden Moment aus den Schuhen kippen. Ich kann mir sehr wohl ausmalen, was in ihr gerade vorgeht. Sie muss mich für komplett verrückt halten. Wie alle hier. Ich mache weiter mit dem sinnlosen Unterfangen: „Entweder wir bleiben hier und warten, bis uns irgendjemand zu Hilfe kommt, oder aber wir versuchen in die nächste Stadt zu laufen. Diese müsste etwa 30 Kilometer in diese Richtung (ich deute in die Richtung, aus der unser Zug kam) liegen und müsste die kleine Stadt Wolkov sein. Einen Tagesfußmarsch also ist es schon entfernt." Wieder wird die Aufregung und der damit verbundene Lärmpegel in der Menschenmasse beinahe unerträglich. Victor schafft es schlussendlich noch einmal für Ruhe zu sorgen. Es war bereits äußerst schwer und ich befürchte, es werden meine letzten Worte vor so großem Publikum sein. Ein weiteres Mal wird es selbst Victor nicht mehr schaffen, die Menge für mich zu begeistern. „Wir müssen uns entscheiden. Wir sind hier im absoluten Nirgendwo in einer schier endlosen, weißen Winterwüste. Ich denke nicht, dass uns jemand hier findet, beziehungsweise dass jemand weiß, dass wir hier sind und deshalb auch nicht nach uns sucht. Ich kann nur davon abraten, hier eine weitere Nacht zu verbringen. Diese Bestien, die gestern über das Zugpersonal herfielen, wollten gestern Nacht auch in die Passagierwaggons eindringen - das konnten wir jedoch zum Glück noch verhindern." Ich sehe rüber zu Victor. Er nickt mir bekräftigend zu. „Aber ich fürchte, diese Bestien werden heute Nacht wiederkommen und nicht eher ruhen, bis sie in diesen Zug gekommen sind und uns alle jagen können." Die Gesprächskulisse unter den Menschen wird erneut hektischer. „Wenn wir jetzt losgehen, schaffen wir es bis Sonnenuntergang nach Wolkov, wo bestimmt Menschen zu finden sind, die uns helfen können. Wer mit uns kommen will, kann sich uns gerne anschließen. Noch einmal... ich kann niemandem raten, hier zu bleiben!", doch meine letzten Worte werden mittlerweile kaum noch gehört.

Die Menschen sind völlig außer sich. Jetzt würde nicht mal Victor mit seiner markanten, lauten Stimme etwas bewirken können. Die Menschen haben sich bereits ihr Urteil gebildet. Nämlich dass wir alle verrückt sind. Victor versichert mir, dass wir das Richtige getan haben. Mehr können wir nicht tun. „Und wo ist der Tee?", ertönt es plötzlich hinter mir. Ich drehe mich um und erblicke einen alten verwirrten Mann, in seinen rauen Händen eine leere Tasse haltend. Völlig perplex muss ich ihm schließlich erklären, dass wir leider keinen Tee für ihn haben. Für niemanden. Der alte Mann trottet enttäuscht zu den Waggontüren zurück. „So ein Unsinn", „völliger Schwachsinn" und „absolut irre" ist von allen Seiten her zu hören. So schnell können wir gar nicht schauen, sind fast alle Passagiere wieder im Zug verschwunden und suchen womöglich nach dem nicht mehr existierenden Zugpersonal. Mal ehrlich, ich kann es ihnen nicht mal verdenken. Ich habe keine Ahnung, wie ich auf so etwas reagieren würde. Wahrscheinlich genauso. Also ist es diesbezüglich keine sonderliche Überraschung für mich, jetzt alleine mit meinen Kameraden dazustehen. Eva steht noch immer eisern auf ihrem Platz, wo sie auch bei meiner Rede gestanden hat. Langsam trottet sie jetzt zu uns rüber. Das Erste was sie macht: Sie umarmt mich und drückt mich ganz fest an sich. Ich bin überrascht und glücklich über ihre Reaktion, die auch anders hätte ausfallen können. Man spürt, dass sie jemanden braucht. Leise flüstert sie mir ins Ohr: „Stimmt das alles, was du uns erzählt hast?" „Ja leider, Liebes. Ich wünschte, es wäre anders." „Und die Schienen, sind die wirklich nicht mehr da?", so Eva. „Sind nicht mehr da. Du kannst dich selbst davon überzeugen wenn du willst." „Nein, wenn du das sagst... ich glaub dir." Mit Tränen in den Augen lässt sie mich schließlich los. „So habe ich mir unseren Urlaub nicht vorgestellt." Ich versuche sie zu trösten, indem ich ihr sage, dass wir in Wolkov bestimmt Hilfe bekommen werden von anderen Menschen und dass wir hier wieder heil herauskommen. Den letzten Satz muss ich ihr versprechen. Ich drücke sie ganz fest an mich. Wenn es etwas gibt, das in solchen Situationen hilft, in denen man weder vor noch zurück weiß, so ist es die Liebe, der Zusammenhalt und die körperliche Nähe. In meiner Umarmung blicke ich zu Victor rüber und zu Manuela, die mittlerweile daneben steht. Sie geben mir die Zeit, jedoch wissen sie, dass wir bald los müssen, um wirklich noch vor Sonnenuntergang in Wolkov einzutreffen. Ein langer Fußmarsch durch den Schnee steht uns bevor. Ein langer Tag voller Unsicherheit und Furcht.

Nachdem wir uns alle fürs Erste beruhigt haben, greifen wir uns schnell unsere Sachen vom Zug, packen alles an Proviant zusammen, was wir mithaben (meine Freundin ist Gott sei Dank so ein Typ Mensch, der genug Mahlzeiten mitnimmt, wenn wir auf Reisen sind) und treffen uns am Ende des letzten Waggons. Victor, Manuela und Mario sind auch schon da, haben ihre Rucksäcke mit Proviant vom Zug etwas aufgemöbelt und stehen in der Grube, in der gestern noch Victor im Zuge seiner Demonstration der fehlenden Eisenbahngleise gestanden hat. Jetzt kann auch Eva sehen, dass die fehlenden Gleise leider kein Scherz von mir waren. Ungläubig blickt sie zu Boden. Sie muss erst begreifen, dass dies leider kein Traum ist, so wie wir gestern Nacht begreifen mussten, dass das alles andere als ein Traum war. Eher ein wahr gewordener Albtraum. Die anderen vom Zug werden diese Tatsache auch bald begreifen müssen. Früher oder später bestimmt. Nur leider wird es da bereits zu spät für sie sein. „Alle abmarschbereit?", so ich in vollem Eifer hier wegzukommen. „Moment...", höre ich plötzlich hinter mir. Überrascht drehe ich mich um und erblicke zwei Pärchen im

Alter von zirka 40 Jahren, wahrscheinlich zwei Ehepaare. Ein hagerer Mann des Vierergespanns kommt schließlich auf mich zu: „Wir kommen mit euch. Ich habe die fehlenden Gleise bemerkt und bin überzeugt davon, dass hier zu bleiben nichts bringen würde. Viele Menschen im Zug machen sich nicht mal die Mühe rauszusehen. Auch nicht auf das tote Fleisch, das, wie ich denke, mal ein Mensch gewesen sein muss...", und deutet auf die Fleischklumpen weiter hinten im Schnee. Na toll, ich wollte diese Information meiner Eva ersparen. Geschockt nimmt sie mich an der Hand, drückt ganz fest zu und schließt dabei die Augen. „Na also", sage ich nach einer kleinen Pause, „wenn Sie sich entschieden haben mit uns zu gehen, dann können Sie das gerne tun. Ich bin Alex, das ist meine Freundin Eva, das da hinten sind Victor, Manuela und Mario und der da im Schnee war einmal Lucas. Für weitere Fragen bezüglich der vergangenen Nacht, würde ich Sie bitten, nur mit mir und Victor zu sprechen und die anderen nicht unnötig zu verunsichern, ok?" „Völlig ok, Alex. Ich bin Daniel." „Willkommen."

9

Es war noch vor 9:00 Uhr morgens als wir vom Zug in die Richtung aufbrachen, in der wir glaubten, die ungarische Stadt

Wolkov zu finden. Mittlerweile ist es bereits halb elf. Wir müssen uns beeilen, wenn wir rechtzeitig vor Dunkelheit dort ankommen wollen. Ein langer, ungemütlicher Fußmarsch liegt noch vor uns. Und die Angst, nicht dort anzukommen.

Daniel, seine Freundin und das andere Pärchen kommen aus Salzburg und waren ebenfalls auf der Heimreise vom Urlaub gewesen, als das unvorhersehbare Unglück mit dem Zug geschah.

Während wir so durch den tiefen Schnee stapfen, schildert mir Daniel seine Sicht der Dinge. „Mann, Alex, ich denke, es ist ja wohl sonnenklar, wer uns hier in diese Situation gebracht hat." Da bin ich aber gespannt, was jetzt kommt. „Na, die Regierung, ist doch klar. Die machen doch so einen Scheiß, um damit irgendetwas zu vertuschen... irgendetwas, was vielleicht hier vorgefallen ist." „Und was könnte das sein?", frage ich bereits leicht gelangweilt und genervt. „Ich weiß auch nicht, Mann, ein abgestürztes UFO, eine atomare Katastrophe, keine Ahnung... es stinkt auf jeden Fall zum Himmel!" Langsam glaube ich tatsächlich, dass der Mann keine Ahnung hat... nämlich von dem, was er spricht. Diese Erklärungen, die völlig aus der Luft gegriffen sind, helfen kein bisschen weiter und erklären das alles nicht im Mindesten. Aber ich will ihn in seinem Glauben lassen... Ich will nur nicht, dass Eva noch mehr Blödsinn hören muss. Sie ist schon verwirrt genug, wie man ihr ansehen kann. Meine Rede vor ein paar Stunden hat ihr ganz schön zugesetzt. Die Wahrheit hat ihr zugesetzt. Wie uns allen. Alles was ich jetzt noch tun kann ist, dass ich ihr diese „Möchtegernerklärungen" vom Leib halte und dass ich für sie da bin. Sie wirkt seit dem sehr verschlossen. Gut, sie ist generell kein Typ, der quasselt und quasselt und immer viel zu sagen hat. Genau das liebe ich auch so sehr an ihr. Sie redet fast nichts mit den anderen und hofft wie ich, dass wir bald aus diesem Albtraum aufwachen oder wenigstens die Stadt Wolkov bald erreichen und zumindest dort auf Hilfe stoßen. Ihre Blicke sagen mir, dass sie nur mir vertraut. Aber das reicht auch. Ich werde auf sie Acht geben. Ihr wird nichts geschehen, solange ich lebe, schwöre ich mir wieder in diesem kurzen Augenblick von Wärme, als sich unsere Blicke treffen. Diese Blicke geben wieder Motivation zum Weitergehen, zum Weiterhoffen... denn das müssen wir.

Der eisig kalte Wind pfeift uns um die Ohren. Die Morgensonne, die wir noch hatten als wir den Zug verließen, ist schon lange hinter einer dicken Wolkendecke verschwunden. Seit einer guten Stunde ist es richtig kalt und unsere dicken Winterjacken helfen leider auch nicht besonders. Ich hasse den Winter. Jedes Jahr aufs Neue. Aber diesmal ist es noch extremer. Er dauert schon wieder viel zu lange. Dabei ist erst Dezember, und vor März hört der Winter in unseren Breitengraden nicht auf. Schöner Mist. Aber naja, wir haben jetzt schlimmere Probleme. An März kann noch nicht gedacht werden. Nicht im Entferntesten leider. Ich war schon immer ein Sommermensch. Ich liebe die Sonne, die Wärme, die Hitze wie kein anderer. Eva ist da anders. Sie liebt alle Jahreszeiten gleich und findet überall etwas Schönes für sich. Ich bewundere das. Ja wirklich. Ich kann nichts Schönes am kalten Wetter finden. Palmen. Tropische Hitze. Meer. Das ist meine Welt. Nur um zu verdeutlichen, dass unsere Situation für mich sozusagen schon allein wettermäßig der Gipfel ist. Aber nun genug davon. Ich kann es eh nicht ändern. Und ich will Eva nicht mit meiner chronischen Winternörgelei belasten. Nicht heute. Der Wind ist so eisig, dass ich meine Nase mittlerweile überhaupt nicht mehr spüren kann. Eva hat ihr Gesicht schon völlig eingepackt und ich spüre, dass auch sie mit den Kräften zu kämpfen hat. Tapfer hält sie durch ohne ein Jammern. Sie ist in vielen Dingen viel stärker als ich. Ich versuche diese Erkenntnis natürlich bestmöglich vor ihr zu verstecken. Zu neunt stapfen wir also vermummt durch eine ewig lange Eis- und Schneewüste auf der Suche nach Zivilisation. Der Gesprächsstoff ist uns mittlerweile auch ausgegangen... erstens weil es einfach zu anstrengend ist, gegen die Kraft und Lautstärke des Windes anzureden, beziehungsweise anzukämpfen und zweitens weil wir alle unsere noch vorhandenen Kräfte für uns selbst sammeln wollen.

Nach vielen anstrengenden Stunden halten wir schlussendlich doch einmal an, um heißen Tee zu trinken. Klara, Daniels Freundin, hat heißen Tee vom Zug mitnehmen können und schenkt kleine Rationen aus. Becher haben wir alle dabei. Und so stehen wir beinahe knietief im Schnee, neun klitzekleine dunkle Punkte im endlosen Weiß und trinken heißen Tee. Wir sind alle sehr dankbar für die kurze Pause. An unseren Gesichtern erkennen wir die eintretende Erschöpfung. Vor allem Mario sieht ziemlich mitgenommen aus. Die Verletzung und der Gedanke an letzte Nacht raubt ihm sämtliche Energie. Als mein Blick auf ihn

fällt, muss ich kurz innehalten... ich hätte sie fast vergessen: die letzte Nacht. Mit grausamen Bildern von finsteren Kreaturen kommt sie wieder deutlich in meinen Kopf. Wie ein Stromschlag durchdringt mich ihre Realität und rüttelt mich wach. Es beginnt wieder zu schneien. Zusammen mit dem lauten Wind ergibt das ein kräftiges Schneetreiben und die Sicht wird dadurch immer schlechter. Wir müssen uns beeilen, den Tee schnell austrinken und weitermarschieren. Die nächsten Kilometer werden hart werden. Wir müssen aufpassen, denn wenn wir uns jetzt verlaufen, würden wir nicht mehr vor Dunkelheit irgendwo ankommen... würden wahrscheinlich erfrieren, oder die Nacht würde uns verschlingen. Beides gilt es mit aller Macht und Kraft zu vermeiden. Also müssen wir weiter... und immer die Bäume des weit entfernten Waldes in Sichtweite behalten. Dann werden wir irgendwann ankommen... in Wolkov. Ich küsse Eva auf ihren blauen Mund... sie lächelt kurz, ihre sorgenvollen braunen Rehaugen kann ich jedoch leider nicht beruhigen. Es geht weiter in das tiefste Weiß hinaus und es ist bereits nach 15 Uhr (sofern ich meiner Armbanduhr überhaupt noch trauen kann!).
Erbarmungslos peitscht wieder der eisige Wind auf uns ein. „Warum tut uns Gott das alles an?", will Klara wimmernd wissen. Sie scheint diese Frage tatsächlich ernst gemeint zu haben. Niemand gibt ihr eine Antwort. Welche Antwort sollte man ihr auch geben können? Mich dürfte sie nicht fragen. Es scheint fast so, als hätte Gott uns schon lange verlassen. Wir sind ganz allein. Frustration breitet sich langsam aber sicher in der Gruppe aus. Wir sind alle am Ende unserer Kräfte. Die Resignation pocht wie

wild an unsere Türen. Wie lange können wir noch so weitergehen? Wie lange halten wir noch durch in dieser Kälte? Ich halte Eva ganz fest an der Hand. Wenn hier kein Gott mehr ist in dieser Welt, so möchte wenigstens ich hier sein und ihr das auch zeigen. Sie lächelt zu mir hoch. Wildes Schneetreiben. Null Sicht. Neun Menschen. Katerstimmung. Kein Gott. Nur die leise Hoffnung, lebend am Ziel anzukommen.

Nach einer weiteren deprimierenden Wanderstunde wird das Schneetreiben endlich weniger und die Wolken machen etwas auf. Die Sonne steht bereits tief, sehr tief und färbt den Schnee unter uns leicht dunkelblau, als wir in der Ferne eine Häufung von dunklen Mustern ausmachen können. Dächer. Hausdächer. „Das muss Wolkov sein!", so Victor, der seine Freude kaum auszudrücken weiß. Er hat wohl nicht mehr daran geglaubt. Genau wie ich, um ehrlich zu sein. Die gute Nachricht beflügelt uns alle wieder etwas und ohne weitere Pause gehen wir unserer Rettung entgegen. Mario ist bereits sehr schwach, kämpft jedoch ohne ein Murren gegen seine Schmerzen an. Schweigend wie immer, kommen wir den Dächern immer näher und erkennen dann schon wenige hundert Meter weit entfernt den Bahnhof. Wir haben es endlich geschafft. Das Gefühl ist unbeschreiblich. Es ist halb sechs Uhr abends, als wir schlussendlich bei dem ersten Haus, welches wir vorher fälschlicherweise für den Bahnhof hielten, ankommen.

10

Warum ist hier wirklich kein Bahnhof zu finden? Die Frage geht uns wohl alle durch den Kopf. Immerhin haben wir ihn ja alle gesehen, als wir gestern daran vorbeifuhren. Seltsam. Was wollen wir tun? Um ehrlich zu sein sind wir alle so am Boden und auch froh, endlich in Wolkov angekommen zu sein, dass wir diese seltsame Angelegenheit fürs Erste auf uns beruhen lassen. Nach einem Haus, das bewohnt wird, sieht es jedenfalls nicht aus, die fehlgedeutete Bahnhofshütte. Eher wie ein Lagerhaus. Nach einer kurzen Verschnaufpause wandern wir weiter ins Stadtinnere. Womöglich sind wir gar nicht in Wolkov, aber mir (und den anderen sicher auch) ist bereits alles Recht. Hauptsache Menschen und ein Ort für die Nacht. Ein warmer Ort. Oder zumindest ein trockener. Hier werden wir Hilfe bekommen. Ganz bestimmt. Zumindest... glaube ich es. Hoffe ich es. Nein, ich weiß es.
Schon nach wenigen Minuten erreichen wir einen freien Platz. Umringt ist dieser lange Hof von aneinander gereihten Holzbauten, Holzhäusern sozusagen. Die Nacht hat sich mittlerweile über uns gelegt, wie eine kalte, aber trockene Decke. Geschockt blicken wir von links nach rechts. Von rechts nach links. Nichts. Eine Geisterstadt. Es ist seelenruhig. Äußerst feine Schneeflöckchen fallen vom dunklen Himmel und legen sich sanft auf die schneeweiße Erde. Links und rechts

Häuserreihen. In der Mitte eine freie Fläche. Eine Westernstadt. Nur mit Schnee. „Das kann doch keine Stadt sein. Schon gar nicht Wolkov!", bemerkt ein entsetzter Victor. Manuela pflichtet ihm verwirrt bei. Während ich fassungslos in den breiten Hof hinaus starre, spüre ich plötzlich, wie meine Freundin sich an meinen Arm klammert... und zwar ganz fest. Wie immer sagt sie nichts. Wer braucht schon Worte. Es ist mucksmäuschen still geworden. Nur der Wind pfeift noch ganz leicht zwischen unseren Füßen hindurch. „Das wirkt alles so unnatürlich. Das gibt's doch nicht. Wir haben doch alle gesehen, dass in Wolkov am Bahnsteig so viele Menschen gestanden haben, als wir vorbeifuhren.", so Victor, der langsam aber sicher nervös wirkt. Sogar so ein starker Mann wie Victor stößt irgendwann an seine Grenzen. „Offensichtlich ist das nicht Wolkov.", gebe ich von mir. „Wir sind an einem anderen Ort. Ist aber auch egal... hier muss es Menschen geben. Es muss doch jemand zuhause sein... wir läuten oder klopfen einfach an den Türen." „Nein!", kommt es wie aus heiterem Himmel ganz schnell von Eva. „Was ist denn?" Sie schüttelt den Kopf. Sie hat Angst. „Eva, wir müssen versuchen rein zu kommen und jemanden zu finden... es ist kalt. Wir müssen Hilfe holen für den Zug. Wir haben gar keine Wahl... mach dir keine Sorgen!" Zögerlich nimmt sie wieder meine Hand. Von Daniel und seinen Freunden hört man wenig. Sie sind mit ihren Kräften ebenso am Boden wie wir. Erschöpft schleichen die vier hinter uns nach und akzeptieren offenbar unsere missliche Lage. So schreiten wir in der Gruppe zu neunt durch die Häuserreihen. Victor probiert es auf der rechten Seite, ich auf der linken. Die anderen bleiben in der Mitte und gehen neben uns her.

Victor und ich klopfen und pochen an die Türen. Eine Türklingel gibt es seltsamerweise bei keinem einzigen der Häuser. Wieder etwas, das mir sehr seltsam vorkommt. „Hallo", beginnt plötzlich Manuela in der Mitte des Hofes zu schreien. „Hallo... wir brauchen Hilfe. So bitte helft uns doch!!" Victor und ich schauen uns einen Moment lang an und wissen sofort: Es ist Nacht. Wenn wir hier wirklich alleine sind und nicht wollen, dass irgendetwas da draußen in den Wäldern nebenan Wind von uns bekommt, dann dürfen wir keine Aufmerksamkeit auf uns ziehen. „Manuela bitte... erinnere dich an gestern Nacht. Verhaltet euch ruhig. Kein Schreien!!", sagt Victor im höflichsten Ton den er kann. Wind soll vor allem eines nicht von uns bekommen: die Kreatur von gestern Nacht. Da kommt plötzlich der Gedanke wieder und schießt mir unangenehm durch den Kopf. Gestern Nacht. Kreatur. Lucas. Mario. Ach, dafür ist jetzt keine Zeit und so drängt sich der unangenehme, weil komplizierte Gedanke wieder aus meinem Kopf. Wir haben schlimmere Sorgen als diese Legenden. Wir müssen Hilfe holen, und zwar schnell.

Alle Häuser sind abgeschlossen. Große Verwunderung darüber bringe ich nicht hervor, als hätte ich tief im Inneren schon mit so etwas gerechnet. Es passt nur, wie ich meine. Offensichtlich ist der ganze Ort verschwunden. Ich meine, die ganzen Einwohner. Wir sind jetzt mittlerweile in der Mitte der langen Häuserreihe angekommen. Und noch immer finden wir alle Häuser verschlossen und anscheinend unbewohnt vor. Von uns unbemerkt und ganz tief am Horizont steht der fast volle Mond und lugt zwischen den Bäumen des angrenzenden Waldes hervor. Mir kleben bereits die Lippen zusammen, so bitterkalt ist es geworden. Es hilft alles nichts, wir müssen jetzt irgendwo rein. Wir sind nun am Ende der Häuserreihen angelangt. Es ist niemand da. Soviel wissen wir mittlerweile. Was nun? Ich winke Victor und die anderen zu mir auf die linke Seite herüber. Wir stehen vor dem vorletzten Haus auf meiner zu überprüfenden Seite. „Dieses Haus sieht stabil und vor allem groß aus. Ich schlage vor, wir dringen jetzt da ein." Der Vorschlag wird stillschweigend angenommen. Jedem ist furchtbar kalt und keiner hat mehr Kräfte übrig. Es würde keinen Sinn mehr machen, weiterzusuchen. Die Nacht ist da und ist kälter als alles bisher Dagewesene. Wir müssen Energie auftanken und uns aufwärmen. „Victor, hast du noch dein Taschenmesser?" Er weiß, auf was ich anspiele. Immerhin hat er ja schon einmal die Tür zum Zugpersonal letzte Nacht aufgebracht, also rechne ich auch hier mit ihm. Abermals werde ich nicht enttäuscht. Victors Fingerfertigkeit mit Schlössern kommt uns sehr zu Gute, also öffnen wir behutsam die Holztüre ins Haus. Ein Knarren und ein Schwall abgestandener aber warmer Luft reißt uns aus unserer Kälte. Nachdem ich mit meiner Taschenlampe in den Vorraum hineingeleuchtet habe, treten wir recht rasch ein und schließen die Türe hinter uns. Und versperren sie. Ein Blick von mir zu Victor reicht und er versteht, warum es das Beste ist, hier auf Nummer sicher zu gehen.

11

Meine Taschenlampe wirft einen blassen Schein auf eine Holztreppe, die nach oben führt. Links und rechts der Treppe führen Wege in dunkle Zimmer. Mario geht es immer schlechter... die Verletzung scheint doch schlimmer zu sein, als gestern angenommen. Die unerträgliche Müdigkeit in unseren Beinen spürend, marschieren wir die knarrende Treppe nach oben. Dort angekommen finden wir ein geeignetes Zimmer, in dem wir die Nacht über bleiben können. Wir teilen uns auf zwei Zimmer auf. Daniel, seine Freundin Klara und das andere Paar, das sich uns heute morgen angeschlossen hat, nehmen das eine Zimmer, wir übrigen das andere. Manuela kümmert sich in unserem Zimmer um Mario. Eva geht ihr dabei zur Hand und hilft wo es geht. Victor und ich, wir wollen uns im Haus etwas umsehen, ob wir etwas Brauchbares finden können. Ich muss meiner Freundin versprechen, aufzupassen. Langsam schleichen wir wieder die knarrende Treppe hinunter. „So ein Mist... die Taschenlampe gibt bald den Geist auf!", bemerke ich und drehe sie auf halbschwaches Licht, um die letzten verbleibenden Energiereste zu sparen. Wer weiß, ob wir sie noch mal brauchen werden. Ich hoffe nicht.

Unten angekommen gehen wir den linken Weg in das erste Zimmer. Es scheint eine Küche zu sein. Genau richtig... hier finden wir sicher etwas zu Essen. Jedoch leider nicht sehr viel, wie sich herausstellt. Mehrere Wochen altes Brot. Steinhart. Mehr scheint nicht hier zu sein, mal abgesehen von derben, verfaulten Resten nicht näher definierbarer Lebensmittel. „Victor, es scheint so, als wär schon eine zeitlang niemand mehr hier gewesen..." Der Ungar gibt nur ein enttäuschtes Seufzen von sich. Naja, wir haben ja noch etwas in unseren Rucksäcken. Durch das Fenster in der Küche scheint das Mondlicht und der spartanisch eingerichtete Raum aus Holzmöbeln fällt in ein fahles, kühles Licht. Auf dem Küchentisch liegen drei halb abgebrannte Kerzen. Ich mache meine Taschenlampe aus, die ich erholen lassen will und zünde mit meinem Feuerzeug zwei der Kerzen an. Eine gebe ich Victor, die andere nehme ich. Meine Taschenlampe stecke ich in meine Jackentasche. Der erste Schein der beiden Kerzenflammen fällt auf eine Türe, die weiter ins Innere des Hauses führt. Wir hoffen, irgendwelche Anhaltspunkte und Informationen zu finden, also schreiten wir durch den morschen Türbogen ins Innere des Zimmers. Ich voran, Victor gleich hinter mir. Zu diesem Zeitpunkt habe ich mir bereits gewunschen, dieses Zimmer nicht betreten zu haben. Mir fällt fast die Kerze aus der Hand als meine Augen die Abscheulichkeit registrieren. Eine Art Bauernstube. Von der Decke hängen zwei leblose Körper. Mann und Frau. Mir stockt der Atem. Die beiden Toten sind offensichtlich ein älteres Ehepaar. Oder besser gesagt: Sie waren es. „Das darf Eva auf keinen Fall wissen.", flüstere ich zu Victor. Ich bin fix und fertig. Nach dem ersten Schock lassen wir die Kerzen weg von den Erhängten weiter durch das Zimmer

wandern. Mein Kerzenschein fällt auf eine Zeitung, die auf dem Tisch unter den beiden liegt. Von der Situation sichtlich gebeutelt, beuge ich mich runter und fische mir irgendwie die Zeitung, peinlich genau Acht gebend, die Toten nicht zu berühren. Das was ich glaubte, eine Zeitung nennen zu können sind in Wirklichkeit drei zusammengefaltete Stück Papier mit den Terminen zu Gottesdiensten, wie mir Victor erklärt. Alles auf ungarisch selbstverständlich. Nichts Besonderes.
Aber Moment, halt! Da war doch was. Unsicher nehme ich die Papiere noch einmal her. Das Datum. „Victor, das Datum!" Nein. Bitte. Das kann nicht sein. Victor sieht noch mal her... und kann es selbst kaum glauben, was da steht. „Alex, ich denke, das muss ich dir nicht übersetzen, oder? Zahlen sind überall gleich." Ich will es nicht glauben. Ich will die Papiere, die so aussehen wie eine frischgedruckte Gemeindezeitung in seltsamer alter Schrift, einfach ignorieren. Mein Verstand sagt mir, dass das völlig unmöglich ist. Was ich hier in Händen halte, kann nicht existieren. Unsere Augen lügen uns jedoch nicht an. Rechts oben auf dem ersten Zettel steht klar und deutlich: Június 1666.
Es muss ein Druckfehler sein. Ein Schreibfehler. Ganz klar. War auch mein erster Gedanke. Nur leider finden wir bei der weiteren Erkundung des Parterres des Suizidpärchenhauses vier weitere Flugblätter anderer Natur, die ebenfalls das Jahr 1666 nennen, beziehungsweise eines, welches das Jahr 1665 anführt. Entweder hausten hier Geschichtsprofessoren oder Historiker, die sich für diese Zeit besonders interessierten, oder aber... es ist doch wahr. Sind wir zu lange an der kalten Luft gewesen? Sind

wir noch zurechnungsfähig? Oder ist heute einfach nur ein ganz besonders beschissener Tag? Es hilft alles nichts... wir nehmen mit nach oben, was wir finden können.

Als wir wieder in unser Zimmer eintreten, sind alle bereits eingewickelt in dicke Decken und es brennen einige Kerzen. „Wir haben Kerzen gefunden!", so Eva, die nun etwas heiterer wirkt als zuvor. Gut so, denke ich. Nur schade, dass ich dann wieder alle auf den beschissenen Boden der neuesten Tatsachen bringen muss. Nachdem ich mich auch noch vergewissert habe, dass im Nachbarzimmer alles in Ordnung ist, will ich mich einfach nur noch zu meiner Freundin in die Decke kuscheln und schlafen. Da ich aber weiß, dass wir unsere Freunde auf den neuesten Stand der Dinge bringen sollten, muss das Schlafen leider etwas warten. „Es tut mir so leid, Eva, dass ich keine guten Nachrichten von unten zu uns hochbringe..." Ich spüre Evas steigende Nervosität. „Victor, warum soll ich immer? Bitte mach du es - kurz und schmerzlos - die Flugblätter!" „Die Flugblätter?", so Manuela. „Was habt ihr gefunden, da unten?" „Also gut", fängt Victor an, „wir wissen nicht, was wir davon halten sollen, aber es ist vielleicht für euch interessant zu wissen, dass unten viele Flugblätter zu finden sind, die - machen wir es kurz - auf das Jahr 1666 zurückgehen. Und es keine Dokumente gibt, die das Jahr 2008 oder ähnliches aufweisen." „Was soll das heißen?", so Eva beunruhigt. „Wir wissen es nicht. Alle frischgedruckten Blätter und Dokumente führen das Jahr 1666 an. Ein Dokument, das etwas abgegriffener aussieht, das Jahr 1665. Das ist alles, was wir gefunden haben." „Soll das etwa bedeuten, dass wir im Jahr 1666 gelandet sind oder was? Soll das etwa eine Erklärung sein?? Das ist ja lächerlich. Die Leute haben das Jahr gesammelt, keine Frage. Historiker, Geschichtslehrer, keine Ahnung. Ihr könnt doch nicht etwa..." „Das ist nicht alles.", schießt es aus mir raus und unterbreche dadurch Manuela. „Wie bitte?", so ein verblüffter Victor. „Ich habe noch etwas gefunden, während du schon im nächsten Zimmer warst. Es tut mir leid, dass ich es dir nicht gleich gezeigt hab. Ich war selbst so geschockt." „Raus damit!", will Eva endlich wissen. So kenne ich sie gar nicht. Der schwitzende Mario sieht mich mit fahlen Augen an. Er will das alles gar nicht mehr hören. Mal ehrlich, wer will das denn noch? Ich mache schließlich reinen Tisch: Ich erzähle von dem erhängten Ehepaar in der Bauernstube unten. „Es gibt einen Abschiedsbrief der beiden."

Ich bin mit den Nerven am Ende, aber ich muss stark sein - für Eva. Ich nehme den Brief aus meiner Manteltasche und gebe ihn Victor. Der hält ihn entkräftet an das Kerzenfeuer, muss schlucken und liest schlussendlich vor, beziehungsweise übersetzt für uns: „Wir haben uns dazu entschlossen, diese dunkle Welt zu verlassen, weil wir keinen anderen Ausweg für uns finden können. Unsere Seelen sind jetzt verflucht, aber wir wollen unser Leid nicht mehr ertragen. Also gehen wir lieber gemeinsam, bevor wir uns von den dunklen Mächten trennen lassen. Maria und Sandor Belagovc. 6. Dezember 1666." Ich nicke. Das Datum ist in jeder Sprache gleich. Zumindest das verstand ich, als ich den Brief alleine las da unten. Victor sieht zu mir rüber. Wir wissen es beide: Die Leichen da unten sind keine vier Wochen alt. Es stimmt alles... und plötzlich ergibt jedes Detail einen Sinn. Der fehlende Bahnhof. Die fehlenden Schienen. Die alten Häuser. Die ganze Bauart der Stadt. Das Haus selbst. Das gänzliche Fehlen von modernen Haushaltsgeräten, von Geräten generell. Verdammt, es gibt keine Türklingel. Kein Licht. Kein Stromnetz. Es passt plötzlich wie die Faust aufs Auge. Und die Wahrheit kommt mit Lichtgeschwindigkeit in unsere Köpfe. WO wir auch sind, verflucht noch mal, ob in Wolkov oder sonst wo - wir wissen ganz genau WANN wir sind: nämlich im verschissenen Jahr 1666. Irgendwo in Ungarn. Eva fängt zu weinen an. Ich streichle über ihr kurzes braunes Haar und finde zum ersten Mal keine tröstenden Worte mehr. Sie sind mir ausgegangen.

Stille legt sich über unser Zimmer. Daniel und den anderen können wir morgen diese „große Neuigkeit" erzählen. Der Schlaf pocht an unsere Türen, auch wenn wir keine Lust dazu haben. Die große Anstrengung des heutigen Tages fordert ihren Tribut. Wir löschen letztendlich die Kerzen. Keine zwei Minuten später - fernes Geheul. Gerade noch so laut, dass man es nicht überhören kann. Leider. „Da ist es wieder!", so Victor. Und jeder lauscht für sich dem singenden Ton der Bestien. „Das Heulen kommt aus der Richtung des Zuges.", so Manuela. „Quatsch, das ist Einbildung!", versuche ich zu beruhigen. „Nein Alex, sie hat Recht.", so Victor bedrückt. Und verdammt noch mal, ich weiß, dass sie Recht hat. Es ist sogar genau die Richtung. Und wir wissen auch alle, was das zu bedeuten hat. Nämlich dass sich in diesem oder im nächsten Moment wahrscheinlich dutzende von gierigen Mäulern in die Passagiere des Zuges 194 graben. Dabei ist heute nicht mal mehr Vollmond. Das ist diesen Bestien wahrscheinlich ziemlich egal. In dieser Welt gibt es anscheinend keine Regeln. Das Heulen nimmt nach einigen Minuten ab und verstummt schlussendlich wieder. Das Jagen ist vorbei. Womöglich sind wir neun zurzeit die einzigen Überlebenden. Das Zimmer ist wieder ganz still. Eva kuschelt sich ganz dicht zu mir auf den Boden und flüstert: „Ich hab solche Angst!" Sie zittert am ganzen Körper. „Solange ich lebe, lasse ich nicht zu, dass dir etwas geschieht. Das verspreche ich dir. Ich passe auf dich auf, ok?" „Ich liebe dich." „Ich dich auch! Und jetzt müssen wir versuchen, ein paar Stunden zu schlafen, ja?" „Halt mich fest." „Ich lass dich nicht mehr los." Wir hören noch Victor ein paar ungarische Wörter von sich geben, die wir jedoch nicht verstehen. Sie sind auch nicht für uns gedacht. Seine Stimme klingt lieb und beschützend. Dann legt sich eine schwarze Decke über uns. Neun Passagiere vom Zug 194 von Budapest-Keleti pu nach München Hbf schlafen tief und fest. Der Rest der Passagiere des Zuges 194 wird vermutlich zum selben Zeitpunkt von riesigen Wölfen gefressen. Meine nicht mehr beachtete Armbanduhr zeigt kurz nach 23 Uhr.

12

Wie durch einen Schlag mit dem Vorschlaghammer erwache ich aus meinem Schlaf. Ich reiße meine Augen auf, doch ich sehe nichts als schwarz. Lautes Pochen. Geschrei. Ein Durcheinander im Zimmer. Bis einer endlich die erste Kerze anzündet. „Der Lärm kommt von unten. Da will anscheinend jemand ins Haus!", schreit Victor erschrocken. Die donnernden Schläge an die Eingangstüre werden immer fester und lauter. Eva zündet die zweite Kerze an. Mario geht es äußerst schlecht - er besteht darauf alleine zu sein. Manuela begleitet ihn zu einer Zimmertüre am Gang und gibt ihm eine Kerze mit. Währenddessen machen uns Victor und ich nach unten auf. „Ihr wollt doch nicht die Türe öffnen, oder?", so die beängstigte Eva. „Wenn jemand Hilfe braucht?", kontere ich und schon sind wir nach unten verschwunden. Die beiden anderen Pärchen kommen währenddessen vom anderen Zimmer in den Flur und erkundigen sich bei Eva und Manuela, was um Himmels Willen los ist. Während wir zur Türe stürmen, fällt mein Blick auf meine Uhr. Gerade einmal Mitternacht vorbei. Da haben wir ja nicht lange geschlafen. Dennoch bin ich hellwach. Wird dieser Albtraum denn nie enden?
Wir kommen an der Holztüre an, die wir von innen versperrt haben. So ein unerträgliches Wimmern und hysterisches Geschrei habe ich überhaupt noch nie in meinem Leben gehört. Ein Geflehe von Frauen, sie reinzulassen offensichtlich, jedoch

verstehe ich ihre Sprache nicht. Victor anscheinend schon, sieht mich an und entriegelt kurzerhand die Tür. „Wer ist das?", will ich wissen. „Diese Leute brauchen Hilfe!", so der Ungar und reißt im selben Moment die Türe auf. Ein eisiger Windstoß bläst uns entgegen und zwei Mädchen und ein Mann drängen wie wild in den Innenraum des Hauses. Die drei Menschen sind beinahe bis auf die Knochen abgemagert, wie ich bemerke. Ihre Kleidung, wenn man das so nennen kann, hängt ihnen in Fetzen herunter. Sieht aus wie Sträflingskleidung. Sind diese Leute von einem Gefängnis ausgebrochen? Ich bekomme Angst.

Zum selben Zeitpunkt einen Stock weiter oben: Manuela versucht seit ein paar Minuten auf Mario einzureden, sie in sein von ihm abgeschlossenes Zimmer zu lassen. Es könne sein, dass die Wunde schlimm entzunden ist, so die besorgte Krankenschwester. Immer wieder blockt Mario ab, sie solle verschwinden, ihn in Ruhe lassen. Er fühle sich so, als würde er innerlich verbrennen. „Haut ab, verdammt noch mal!!" sind die letzten Worte, die man von Mario aus dem verschlossenen Zimmer hört.
Schließlich kracht es gewaltig, als wäre jemand gegen die Tür gefallen. Manuela vermutet, dass Mario zusammengebrochen ist. Ungeduldig und voller Panik rüttelt sie wie wild am Türgriff. „Mario, mach endlich auf!" Der enge Flur ist dicht gefüllt. Neben Manuela steht Eva, dahinter die beiden Pärchen, die sich noch immer nicht richtig auskennen, weil einfach keine Zeit für Erklärungen bleibt. Dann kommt plötzlich ein grässliches,

markerschütterndes Geschrei aus Marios Zimmer. Die Schreie werden zu einem nie dagewesenen Brüllen. Schmerzensschreie.

Unten vor der Türe ist davon nichts zu vernehmen, denn der Tumult mit den beiden Mädchen und dem Mann scheint zu eskalieren: Schreiend vor Panik stürzt sich das junge Mädchen in Victors Arme und redet völlig durcheinander. Ich kann natürlich nichts verstehen, jedoch sehe ich die blanke Panik und Resignation im Gesicht der jungen Frau. Victor versucht sie immer wieder zu beruhigen und als er gerade auf sie einreden will, stürmen Eva und Manuela in voller Aufregung die ewig lange Treppe herunter. „Mario geht es nicht gut", so Manuela, „er hat sich in einem Zimmer eingeschlossen und schreit sich die Seele aus dem Leib!" Victor sieht zu mir. Wir wissen beide, dass das die beste Idee von Mario seit langem gewesen ist. Er hat gerade noch rechtzeitig gehandelt. Die Türe, gegen die sich das brüllende Etwas wirft, wie wir jetzt deutlich hören können, wird nicht ewig halten.

Die beiden ungarischen Mädchen fangen an, wie verzweifelt zu beten und zu wimmern. Wir müssen einen Ausweg finden. Raus können wir einfach nicht. Ich kann mir sehr gut vorstellen, dass so ein Ding, wie wir gerade oben haben, diese Ungarn geradewegs zu uns getrieben hat, nach dem Schock der Mädchen zu urteilen. Aber hier drinnen können wir auch nicht bleiben. Hier würden wir gewiss den Tod finden.

Das Schreien und Brüllen geht in dieser Sekunde nun endgültig in ein wildes Knurren über. Nun wissen auch die anderen

Bescheid, wie es um Mario steht. Faktum ist: Er ist nicht mehr Mario, sondern der schrecklichste Teufel, den man sich nur vorstellen kann. Eva drängt sich zu mir und umklammert mich hilflos. Die Zeit läuft uns davon. Was sollen wir nur tun? Die Tür wird irgendwann nachgeben und der Teufel ist frei und würde Hunger haben. Wir müssen erfahren, was draußen los ist. Victor versucht erneut die Menschen zu beruhigen und fängt noch einmal an, mit den halb Erfrorenen zu sprechen. Da bleibt plötzlich keine Zeit mehr zum Reden: Die Türe im ersten Stock fliegt mit einem Satz auf und wir vernehmen ein Schnüffeln, ein Schnauben... und dann... Schreie. Daniel kommt in einem irren Tempo die Treppe heruntergelaufen. Als er auf halben Weg erschrocken merkt, dass Klara nicht mehr hinter ihm ist, will er plötzlich auf der Treppe kehrtmachen und zurücklaufen. Ich reiße mich von Eva los, laufe zur Treppe, halte ihn mit aller Kraft zurück und dränge ihn gegen das Treppengeländer. Ein Blick in seine verängstigten Augen und er weiß, dass es zu spät ist. Dass er seine Freundin und seine beiden Freunde verloren hat. Jeder weiß das. Trotzdem will der Tapfere sich losreißen. „Du kannst nichts mehr für sie tun, Daniel. Wenn du da jetzt noch mal raufgehst, stirbst auch du.", mache ich ihm deutlich. Er resigniert letztendlich. Ist es die Kraft? Der Verstand, der „Nein" sagt? So hilflos der Mensch. Der riesige Wolf wühlt sich währenddessen bereits in die leblosen Körper der drei. Lange lässt er sich nicht Zeit für die erste Mahlzeit, denn kurze Zeit später hören wir das Gewicht auf den knarrenden Treppen. Das Ding kommt uns holen.

13

Wir wissen, wir müssen sofort raus hier, reißen rücksichtslos die Türe auf und stürmen blind nach draußen. Der Schnee pfeift uns entgegen. Wie vom Blitz getroffen laufen wir den Dorfplatz hinunter und bemerken eine Scheune nahe am Waldrand. Sie ist zum Glück nicht abgeschlossen und wir stürmen hinein. Flüsternd befehlen wir uns ruhig zu sein um zu hören, ob Mario uns gefolgt war. Die beiden ungarischen Mädchen schluchzen und kommen gar nicht mehr zur Ruhe. Victor und Manuela müssen ihnen den Mund zuhalten, um auch nicht den kleinsten Ton nach draußen in die Winternacht zu lassen. Ich selbst luge durch ein kleines Loch an der Seite der Türe nach draußen auf den Hof. Da sehe ich ihn plötzlich. Es ist tatsächlich nicht mehr Mario... nur noch das Biest aus der Hölle, dass ich bisher nur aus Horrorfilmen kannte. In Realität sieht das Ding noch viel grässlicher aus. Eva blickt auch durch das Loch im Holz und kann ihren eigenen Augen kaum trauen... Sie umklammert meinen Arm. Ich wünschte, ich könnte ihr das alles ersparen... doch was soll ich sie da noch großartig ablenken? Der Werwolf schnüffelt und keine zwei Sekunden später dreht sich sein gieriger Blick und seine blutverklebte Schnauze mit einer Bewegung in unsere Richtung. Genau in unsere Richtung. Ich weiß, er sieht mich. Er weiß, ich sehe ihn. Wir sind geliefert. Jetzt ist der Zeitpunkt gekommen, um zu resignieren. Auf einmal verliere ich jede Hoffnung. Wir sind weit gekommen, aber hier würden wir nicht mehr lebend herauskommen. Dieses Ding wird uns auseinander nehmen. Doch dann... plötzlich Schüsse. Zwei an der Zahl, die uns in der Scheune zusammenzucken lassen. Und den Werwolf zusammenbrechen. Ich traue meinen Augen und Ohren nicht. Männergeschrei. Leute aus dem Zug, die uns zu Hilfe kommen?

Ein kleiner Trupp kommt aus der Ferne angelaufen. Der Wolfsmensch liegt im Schnee direkt vor uns im Hof. Plötzlich kommen die Männer in meinen kleinen Bildausschnitt des Hofs, den ich durch das Loch in der Holztüre sehe. Vier Männer in Soldatenuniform. Sie kommen mit einer Trage und legen den mittlerweile zurückverwandelten, nackten Mario auf die Barre. Sie kontrollieren seinen Puls. Ich bemühe mich, etwas zu verstehen, kann jedoch leider nur Wortfetzen aufnehmen. Doch Moment mal - diese Männer sprechen deutsch! Zumindest das kann ich heraushören. Dann, von einer Sekunde auf die andere, fällt mir fast der Kiefer herunter. Geht meine Fantasie jetzt komplett mit mir durch? Ich kann keinen klaren Gedanken mehr fassen - sehe ich jetzt auch noch schlecht? Die Situation da draußen ist kaum fünf Meter von uns entfernt. Ich mache Victor hektische Andeutungen durch das Loch zu sehen. Victor vergewissert sich zuerst, dass die völlig verängstigten Mädchen nicht losschreien würden und lugt durch den Spalt. „Ja, und?", flüstert er. Ich erinnere mich zurück an letzte Nacht im Zug, als es darum ging, die fehlenden Schienen zu „entdecken". Da sagte ich auch zuerst „Na und?", als mich Victor darauf aufmerksam machen wollte. Jetzt bin leider ich an der Reihe, ihm etwas Schreckliches klar zu machen. Ironie des Schicksals. „Sieh verflucht noch mal auf die Uniform, Victor, die Uniform der Soldaten!", flüstere ich. Victor schaut noch einmal durch. Da sieht er es. Ich erkenne es an seinem wechselnden Gesichtsausdruck. Auf der Uniform prangt das Hakenkreuz.

14

Victor fährt wie wild zurück. „Das, das... das kann nicht sein, Alex. Das kann nicht sein!", durchfährt es ihn. Die Soldaten tragen nach einer kurzen Diskussion den leblosen Körper von Mario fort. „Victor, wo und wann zum Teufel sind wir wirklich?" „Ich kann es dir nicht sagen, mein Freund, aber vielleicht können es diese drei Personen.", und zeigt dabei auf die drei halb verhungerten Ungarn.
Während ich irgendwie versuche, das soeben Gesehene mir selbst und meiner Freundin Eva zu schildern und zu erklären, nützt Victor die einigermaßen eingekehrte Ruhe damit, mit den zwei ungarischen Mädchen und dem älteren Mann zu sprechen. Offenbar sind sie die letzten Überlebenden einer Familie. Wir

erfahren, dass die beiden Mädchen die Töchter von Krzysztof sind, dem fast auf die Knochen abgemagerten Mann.

Ich weiß, dass mir Eva vertraut und dass sie mir glaubt, was ich gesehen habe. Nach all den Ereignissen des gestrigen und heutigen Tages fällt es ihr anscheinend jetzt nicht mehr wirklich schwer auch die nächste Hiobsbotschaft, beziehungsweise die nächste Unglaublichkeit zu akzeptieren. Obwohl ich zugeben muss, dass das eben Erlebte schon sehr an der Grenze meiner Erträglichkeit kratzt. Ich kann mir kaum vorstellen, wie es wohl in Evas Kopf jetzt aussieht. Sie schluckt, trägt es mit Fassung. Vielleicht will sie auch gar nicht mehr all zu lange darüber nachdenken. Ändern kann sie es ja sowieso nicht. Ich leider auch nicht. Ich wünschte mir nur vom ganzen Herzen, ich hätte es nicht gesehen. Ich wünschte, meine Augen würden mir Streiche spielen. Das habe ich letzte Nacht im Zug auch gehofft. In beiden Fällen, so fürchte ich, muss ich mich mit der Realität abfinden. Meine Augen sehen glasklar, es ist jedoch der Verstand, der das Gesehene schon langsam aber sicher nicht mehr akzeptieren will. Realität oder nicht.

Victor versucht unterdessen brauchbare Informationen aus den verstörten Ungarn herauszubekommen. Offenbar kommt er gut mit ihnen zu Recht, was auch zu einem nicht unerheblichen Teil an der gemeinsamen Sprache liegt. Doch als er sich zu mir umdreht, sehe ich bereits in seinem Gesicht, dass die Informationen, die er offenbar bekommen hat, nichts Gutes für uns alle bedeuten. Zum ersten Mal seit gestern Nacht sehe ich in dem sonst so starken und ruhigen Gesicht des Ungarn etwas,

was ich schon seit der ersten Minute dieses Höllentrips in mir fühle: Angst. Langsam beginnt er zu erzählen. Hinter ihm hören wir die beiden jungen Ungarinnen schluchzen und den alten Mann beruhigende Töne sprechen. Ich konzentriere mich auf Victors Worte. Eva hält währenddessen meine Hand so fest, dass es beinahe schmerzt. Ich sage nichts und schiebe sie näher an mich heran.

„Ich weiß nicht wie ich dir das sagen soll, aber irgendetwas stimmt hier nicht." „Ach wirklich? Das ist mir auch schon aufgefallen. Was haben sie dir erzählt?", dränge ich Victor, endlich mit den Informationen herauszurücken. „Laut Aussagen dieser drei Ungarn, sind sie aus einem Lagerkomplex ungefähr 3 km entfernt von hier geflohen. Ursprünglich waren sie eine Gruppe von über 15 bis 20 Menschen. Nur diese beiden jungen Frauen und ihr Vater überlebten diese Flucht. Die anderen wurden auf der Flucht von Soldaten erschossen oder erwischt. Ich habe sie auch nach dem Jahr gefragt, welches Jahr wir gerade haben." Victor macht eine kurze Pause um durchzuschnaufen. „Und... welches Jahr, Victor?" „Sie haben ebenso das Jahr 1666 bestätigt. Und sie sind ganz erstaunt über meine dumme Frage gewesen." Ich spüre Evas unruhigen Atem neben mir. „Weiters hab ich sie gefragt, welche Männer, welche Soldaten das hier sind und ob sie das Hakenkreuz kennen. Sie verneinten diese Fragen. Der Mann erzählte mir dann von Experimenten an Menschen... Experimente, die aus den Leuten wilde Bestien machen. Den Begriff Werwolf kennt er nicht. Viele Menschen werden einfach so umgebracht, in die Gaskammern geschickt und anschließend verbrannt. Aus den übrigen werden, sofern sie nicht bei der Arbeit im Bergwerk nebenan umkommen, wilde, schwarze Bestien gemacht." Seit über einem Jahr geschieht das hier bereits, so der Alte. Diese Menschen in den schwarzen Uniformen waren plötzlich da, plünderten nach und nach die Stadt Wolkov vollkommen aus und schlachteten das halbe Volk nieder. Sie errichteten ein Lager außerhalb der einst lebhaften Stadt. Immer wieder schnappte man Wörter auf wie „Endsieg", so etwas wie einen „Führer", „Heil" irgendjemand, und so weiter. Man zwang sie zur Arbeit. Man wusste, irgendwann würde man auch sterben oder zu einer Bestie werden.

Das alles lässt mir das Blut in den Adern gefrieren und ich schätze, den anderen geht es wohl genauso. Ein KZ, schießt es mir durch den Kopf. Die Nazis haben ein KZ im Jahr 1666. Ich kann nicht nur meinen Augen kaum noch trauen, sondern wohl auch nicht mehr meinen Ohren. Was hier von den geflüchteten Ungarn erzählt wird, ist absolut unmöglich. Aber wie oft haben wir dieses Wort gestern und heute schon gesagt oder gehört? „Unmöglich". Dieses Wort scheint, je länger dieser Trip andauert, immer mehr an Bedeutung zu verlieren. Immer mehr an Schlagkraft. Denn wir müssen uns damit abfinden, dass hier leider rein gar nichts mehr unmöglich ist. Wenn jetzt draußen ein riesiges Raumschiff landen und uns alle mitnehmen würde, wäre ich wohl nicht weniger bestürzt als ich es jetzt bin. Eine Stufe höher geht eigentlich gar nicht mehr. Die Grenze unseres Verstandes ist schon lange erreicht. Jetzt müssen wir mit dem

was wir haben arbeiten und irgendwie hier wieder herausfinden, wegfinden - anders ausgedrückt: überleben.
Hier sind wir also. Im Jahr 1666. Und die Nazis sind anscheinend auch hier. Entweder ist mir etwas Entscheidendes vom Geschichtsunterricht in der Schule abhanden gekommen, oder aber... keine Ahnung. Wie ist es dazu gekommen? Das Jahr 1666? Das würde die fehlenden Schienen erklären, die es zu diesem Zeitpunkt noch nicht gab. Lucas hatte also nicht ganz Recht, als er uns seine bizarre Theorie gestern Nacht im Zug präsentierte. Es ist schon unsere Welt... nur nicht unsere Zeit. Aber was zum Teufel haben die verdammten Nazis damit zu tun? Die Wahrheit sollte Lucas wohl nie erfahren.
Wie Victor mir erzählt, ergibt plötzlich für ihn jetzt alles einen Sinn. Die Nazis hatten schon immer Interesse an Okkultismus und an greifbarer Science-Fiction gehabt, an neuen, futuristischen Technologien. Was wäre, wenn die Nazis ein Portal zum Zeitreisen entdeckt hätten? Sie wüssten, sie würden nur in der Vergangenheit die Chance bekommen, neu anzufangen. Und wir sind vielleicht durch einen entstandenen Zeitriss auch in dieses Jahr verfrachtet worden - mit dem Zug. Diese Erklärung ist absolut irre, halte ich nüchtern für mich fest. Doch es würde alles endlich einen Sinn ergeben. Sogar für diese Wesen, die es eigentlich nicht geben dürfte, haben wir eine Erklärung. Die Nazis erschaffen sie als lebende Waffe. Eine mächtige Waffe. Ein Wesen, das eigentlich nicht getötet werden kann, zumindest wenn man nicht gerade eine silberne Kugel zur Hand hat, wenn

man der Legende glauben darf. Und naja, das was für uns ein Werwolf ist, ist für die Nazis ein „Wehrwolf".

So langsam setzt sich diese Geschichte aus ihren vielen Puzzleteilen auch für mich zusammen. Doch sie bleibt immer noch eines: unglaublich. Und doch scheint sie das Plausibelste zu sein, das wir seit längerem gehört haben. So schräg und furchterregend unsere Situation auch ist, wir sind in einer Lage, in der wir langsam versuchen müssen, diese Dinge zu akzeptieren und einfach zu glauben, ansonsten können wir nämlich nicht anfangen, unsere beschissene Lage zu ändern.

Doch wie sollen wir jetzt weiter vorgehen? Zu allererst versuchen wir einmal warme Decken und vielleicht auch etwas Kleidung für die Geflüchteten aufzutreiben. Eva kümmert sich mit den anderen rührend und so gut es geht um die drei. Währenddessen nimmt mich Victor beiseite. Mir ist vollkommen klar, was er vorhat. Nämlich dasselbe wie ich: Wir müssen alles daran setzen, dass diese Sache nicht noch einmal in der Geschichtsschreibung geschieht. Wenn wir hier wirklich im Jahr 1666 sind, und es sieht alles danach aus, müssen wir verhindern, dass aus diesem Jahr ein zweites 1938 wird. Die Nazis dürfen einfach nicht die Vergangenheit verändern. Sie haben es bereits getan, das ist uns beiden klar. Aber wir müssen sie jetzt aufhalten, wenn wir nicht wollen, dass in Zukunft die Mächte der Finsternis über das Antlitz der Erde marschieren. Es würde unweigerlich schwerwiegende Auswirkungen auf unsere Zukunft haben, auch auf unsere persönliche. Wir müssen zum Lager aufbrechen.

Als wir unser Vorhaben den anderen mitteilen, bekommt es Eva mit der Angst zu tun. Sie ist dagegen. Die anderen ebenso. Ich kann es ihnen nicht verdenken. Denn es ist gefährlich... für uns alle. Doch eigentlich haben wir nicht wirklich eine Wahl. Wir sind Gefangene einer vergangenen Zeit. „Wollt ihr tatsächlich, dass in Zukunft die Leute im Stechschritt über unsere Welt marschieren? Wollt ihr das?" Alle starren mich an. Sie begreifen. Ausnahmslos. Eva nimmt wieder meine Hand. „Leute, wir haben gar keine andere Wahl. Was sollen wir denn tun? Wir können weder vor noch zurück. Denn es ist nunmal so, dass wir ohne die Nazis nicht in unsere Zeit zurück können. Schon vergessen? Diese Arschlöcher haben offenbar eine Möglichkeit von einer Zeit in die andere zu reisen. Es ist unsere einzige Möglichkeit, nach Hause zu kommen." „Dann lasst uns dieses Zeitportal finden!", so Manuela. „Zuerst müssen wir jedoch eines tun", so Victor und alle horchen auf... „wir müssen das Ganze hier beenden. Ein für alle mal." „Und wie willst du das machen?", faucht Eva. „Ganz einfach: Wir müssen sie alle töten. Und das Lager befreien!", so Victor schelmisch aber direkt. Für einen kurzen Augenblick herrscht Stille. Eva sieht mich an. Eine Mischung aus Wut, Einsicht und völliger Verzweiflung über unsere Situation. Was soll ich ihr sagen zur Beruhigung? Mir fällt nichts mehr ein. Das wird eine lange Nacht, sagt mir mein Verstand. Eine lange, kalte Nacht, die wir vielleicht nicht überleben werden.

15

Victor schafft es, den alten Mann davon zu überzeugen, uns noch einmal zum Konzentrationslager zu begleiten. Krzysztof soll uns zeigen, wo wir am besten einsteigen können, wo es möglicherweise ein Schlupfloch zwischen den Mauern und der Außenwelt gibt. Wir halten es allesamt für besser, die ungarischen Mädchen in der Scheune zu lassen. Sie wollen auf keinen Fall mehr mitkommen, machen sie uns verständlich. Wir zögern keinen Augenblick, das zu akzeptieren. Victor und ich geben ihnen aus unseren verbliebenen Essensrationen den Großteil ab. Wir werden es wohl nicht mehr benötigen. Entweder sind wir hier in wenigen Stunden raus aus dieser Zeit oder aber wir sind tot. Soviel wissen wir.

Nachdem sich auch Krzysztof mit Essen und Trinken etwas gestärkt und sich warme Kleidung übergezogen hat, können wir aufbrechen. Er muss seinen Mädchen versprechen, wieder zurückzukommen und sie abzuholen, um gemeinsam von Wolkov zu verschwinden. Lange umarmt er seine beiden abgemagerten Töchter. Ich werde traurig und muss mir eine Träne verkneifen. Eva geht es genauso. Nun sind die drei endlich in Freiheit, und schon müssen wir sie auch wieder von einander trennen. Der alte Mann zögert jedoch nicht, uns zu helfen. Er weiß, was für uns alle auf dem Spiel steht - Victor hat ihn über unsere Lage informiert. Er hat es verstanden... so weit das halt ging. Ein ehrenhafter Mann, wie ich finde. Wir lassen ihm die Zeit, die er braucht, um seine Kinder zu beruhigen. Seine Frau ist im Lager ums Leben gekommen. Sein Sohn ebenso. Beziehungsweise dürfte er laut seinen Aussagen zu einer dieser Kreaturen geworden sein. Krzysztof geht jedoch nicht näher auf das Schicksal seiner Familie ein. Ich bin nicht undankbar dafür, immerhin sind wir alle an der Grenze des Erträglichen für eine Nacht.

Wir müssen uns zusammenreissen, damit nicht einer von uns den Verstand verliert, denn wir brauchen unseren Verstand noch. Krzysztof muss uns zeigen, wo und wie er mit seinen Kameraden aus dem Lager flüchten konnte. Denn genau dort würde unsere Chance liegen, einzusteigen. Jetzt mal ehrlich: Wer ist so verrückt und bricht in ein KZ ein? In unserem Fall ist dieses Konzentrationslager unsere einzige Chance, hier aus dieser Zeit wieder herauszukommen. Wir müssen es versuchen, wir haben gar keine andere Wahl.

Schluchzend und dicke Tränen weinend verabschieden sich die beiden Mädchen von ihrem Vater. Wir werden unfreiwillig Zeuge dieser berührenden Abschiedsszene. Krzysztof sagt noch etwas auf Ungarisch zu seinen beiden Mädchen, die zusammengekuschelt in der Scheunenecke zurückbleiben und geht schließlich mit uns zur Türe hinaus, nachdem wir uns vergewissert haben, dass die Luft rein ist. Frei von Nazis und Werwölfen.

Die Blutspur von Mario ist kaum noch zu sehen. Frisch gefallener Schnee hat alles mit neuem Weiß bedeckt. Jetzt schneit es jedoch nicht mehr. Einzelne Schneeflocken fallen wie in Zeitlupe vom Himmel. Wir bemerken es kaum noch. Es ist bitterkalt, weit unter Null. Der Schnee reflektiert das milchige und fahle Licht, das vom Mond durch die Wolkendecke scheint und macht dadurch aus dieser schwarzen Nacht eine angenehm helle. Entfernt ist Wolfsgeheul zu vernehmen. Ein ständiger Begleiter, der nicht mehr so verstört und Angst macht wie am Anfang. Es ist weit weg und wir müssen lernen, die Gefahren so zu akzeptieren, wie sie sind. Wir haben zurzeit schlimmere Probleme, als ständig an irgendwelche Monster zu denken. Die wirklichen Monster sind die, aus deren Händen Krzysztof und seine Familie fliehen konnten. Und jetzt müssen wir dorthin zurück. In die Höhle des Löwen.

Wie wird das KZ wohl aussehen? So wie in Mauthausen? Als ich noch jung war, habe ich einmal mit meinem Vater die dortige KZ-Gedenkstätte besucht. Über 100.000 Menschen sind dort zwischen 1939 und 1945 von den Nationalsozialisten ermordet worden. Ich war damals überwältigt, schockiert und berührt zugleich. Die Gaskammern. Der Sezierraum. Die Unterkünfte. Die Genickschussecke. Wieder jagt es mir eiskalt den Rücken hinunter, wenn ich daran denke. Und dasselbe geschieht jetzt genau in diesem Augenblick wieder, schießt es mir durch den Kopf. Jetzt hier, im Jahr 1666. Ich konnte damals an diesem Freitag nach dem Besuch der Gedenkstätte nichts mehr essen. Es fiel mir schwer zu begreifen, wie Menschen zu so etwas fähig waren. Dass eine Diktatur über so lange Zeit erhalten bleiben konnte, in der Menschen systematisch ermordet wurden. In

Lagern, zusammengetrieben wie Vieh. So etwas darf nicht wieder geschehen und muss aufgehalten werden. Dafür sind wir da. Ist es Schicksal, dass wir hier in dieser Zeit gelandet sind? Ist es uns vorherbestimmt, diesen Schrecken zu beenden? Ich habe mich vorher nie mit diesen Fragen, diesen Themen beschäftigt... doch immer öfter kommt es mir in den Sinn, dass wenn wir nicht mit dem Zug hängengeblieben wären in dieser Zeit... dann könnten die Nazis hier ungehindert weiter wirtschaften. Dieser Gedanke macht mir einerseits Angst, andererseits macht er mich stark auf eine Weise, die ich vorher noch nie gekannt hatte.
Ich glaubte nie an Schicksal. Jetzt, in dieser Situation mit meinen zusammengewürfelten Freunden möchte ich gerne daran glauben. Dass es einen Grund gibt, weshalb wir hier sind. Dass alles einen tieferen Sinn ergibt und nicht nur scheiß Pech für uns ist. Was würden die Leute machen, wenn wir nicht wären? Würden andere kommen und ihnen helfen? War bereits damals mit dem Kauf des Zugtickets unsere ganze Reise bis hierher vorherbestimmt? Alle unsere Entscheidungen in unserem Leben, die wir getroffen haben... haben die uns schlussendlich hierher geführt? Entscheidungen, die zum Urlaub geführt haben. Begebenheiten und Zufälle, die dafür gesorgt haben, dass Eva und ich zusammenkommen... dass wir uns überhaupt über den Weg laufen. Uns in einander verlieben. Uns entscheiden, in Urlaub zu fahren. Uns für den Zug entscheiden. Und für das Datum. Und für die Uhrzeit. Hinter allem stecken Entscheidungen. Und zum ersten Mal in meinem Leben stelle ich mir diese eine Frage: Ist es möglich, dass es keine Zufälle gibt?

Oder entscheiden Glück, Pech und zufällige Aneinanderreihungen von Begebenheiten wie das Leben schlussendlich verläuft?
Faktum ist: Wir müssen diese Leute befreien. Schicksal oder nicht. Das ist das, was wir tun müssen. Und zwar jetzt, hier und heute. Ich blicke auf meine Armbanduhr: Es ist kurz vor halb zwei. Wir machen uns auf in den Wald. In Richtung Hölle.

16

Wir kommen in schnellem Tempo gut vorwärts. Der Wald ist dicht und voller Geräusche. Weit entfernt noch immer das Wolfsgeheul und vereinzelt Männerschreie, die wie Befehle klingen. Ich fühle mich plötzlich wieder wie ein Kind, das sich verstecken will. Tief in meinem Inneren will ich wieder zu Mama unter die Decke huschen und mich geborgen fühlen. Ich will weg von hier. Weg von allem Bösen, von Entscheidungen, von Konsequenzen und von der Realität, die sich so bemüht, uns Angst einzujagen. Wie es wohl den anderen geht, frage ich mich immer wieder, während wir so schweigend durch den dunklen Wald laufen. Fühlen sie genauso wie ich? Von Eva weiß ich, dass sie sich, so schlimm es auch ist, mit der Situation irgendwie abgefunden hat, es jedoch trotzdem nicht wirklich glaubt, was hier mit uns geschieht. Victor, bei dem ich vor kurzer Zeit zum ersten Mal die pure Angst im Gesicht gesehen habe, wird wohl auch mit der Realität und seiner bisherigen Vorstellung davon, um Überzeugung und Glauben ringen. Die anderen kommen mit uns mit und wollen hier nur raus. Ihnen ist es wahrscheinlich so ziemlich egal, wo und wann sie jetzt sind. Sie wollen nur raus aus diesem Albtraum, nur nach Hause. Das ist keine schlechte Einstellung, wie ich finde. Ich wünschte, ich könnte auch so linear denken. Meine Gedanken sind lose und wirr, bestenfalls. Wir sind alle nahe am Nervenzusammenbruch, das ist mir klar. Jedoch, was würde es bringen? Wir müssen weiter. Uns bleibt gar nichts anderes übrig.

Während wir im Laufschritt durch den dichten Wald hetzen, durch den uns Krzysztof führt, sprechen wir kein Wort. Das hat sicherlich zwei Gründe. Den einen natürlich, dass wir so leise wie möglich sein wollen, um nicht unnötig auf uns aufmerksam zu machen. Wir wissen ja nicht, was um uns herum alles geschieht. Es könnten Patrouillen vom Lager aus unterwegs sein, auf der Suche nach den Geflüchteten. Oder genauso schlimm: die Bestien. Wir müssen also aufpassen. Zurzeit scheint es jedoch so, als würden wir hier im Wald zumindest eine Zeit lang sicher sein. Sicher - wieder so ein Wort, das schon lange sehr viel an Bedeutung eingebüßt hat. Sicher in dem Sinn, dass wir vermutlich nicht in den nächsten drei bis vier Minuten tot sein werden. Das ist jedoch schon alles in dem Fall. Auf das können wir uns verlassen. Weiter würden wir jedoch nicht denken wollen. Sicher - womöglich doch nur ein Wort ohne Bedeutung, nichts weiter.

Der zweite Grund, warum wir fast kein Wort miteinander wechseln, ist der, dass es eigentlich nicht viel zu sagen gibt. Unser Plan war beschlossen. Unser Ziel ganz klar. Es gibt ja auch keinen anderen Ausweg.

Im Wald ist es nicht ganz so kalt wie draußen bei den Häusern, beziehungsweise draußen auf den Feldern. Verständlich, der dichte Wald lässt kaum ein Lüftchen durch. Vor allem der eisige Wind macht das Wetter nahezu unerträglich kalt. Hier unter dem Schutz der Bäume hat es vielleicht knapp unter Null... halbwegs gut eingepackt frieren wir beinahe nicht mehr. Das macht unser Vorankommen etwas einfacher. Unsere Lungen sparen Kräfte, müssen die sibirische Kälte nicht mehr so verarbeiten wie noch heute Nachmittag oder Abend, als wir nahe am Kälte- und Kräftetod waren. Es geht voran. Krzysztof meint, wir werden in zehn Minuten dort sein. Dann werden wir sie sehen - die Festung. Eine Festung des Grauens. Als ich zu den Bäumen hochblicke, die über uns schützend den Mond verdecken, muss ich darüber nachdenken, wie es wohl wäre, wenn wir nicht zurückkommen würden. Würden wir der Welt im Jahr 2008 abgehen? Alle unsere Freunde und unsere Familien würden nicht wissen, wo wir waren. Der Zug, mit dem wir kommen hätten sollen, wäre nicht angekommen in Österreich und auch in Deutschland nicht. Es würde ewig ein Rätsel bleiben. Irgendwann würde man die Suche aufgeben. Und wir würden mit der Zeit in Vergessenheit geraten. Ein ungelöstes Rätsel, wie es so viele gibt auf dieser Welt.

Trotz der Stille beginne ich mit Eva, die sich den gesamten Weg an mich klammert, ein leises Gespräch. Ich habe schon sehr lange nicht mehr mit ihr geredet. Es blieb einfach nie Zeit dazu. Von morgens bis abends wurden wir gehetzt. Im Schneesturm am Nachmittag hatten wir keine Kraft. Am Abend ging alles so schnell. Wir haben nie richtig miteinander über die Situation sprechen können. Und wer weiß, vielleicht ist es die letzte Möglichkeit, sich einander öffnen zu können. Immerhin wissen wir nicht, wie die ganze Sache hier ausgehen wird. Werden wir es überleben? Haben wir denn überhaupt eine reelle Chance, in unsere Zeit zurückzukehren, wieder ein normales Leben führen zu können? Ich weiß es nicht. Ich will mir unsere Chancen nicht ausrechnen. Zu oft habe ich mich heute schon geirrt. Mein Verstand ist müde und am Boden, jedoch noch nicht ganz tot. Den letzten Rest meines Lebens würde ich dafür verwenden, meine Eva zu beschützen. Vor allem Bösen. Vor allem Unheil.

„Eva, was denkst du? Wir hatten nie Zeit über all das zu sprechen.", flüstere ich ihr zu. „Ach Alex, was gibt es da zu sagen? Ich hab's begriffen. Ich kann's nur nicht glauben. Das hätte UNSER Urlaub werden sollen. Das war's ja auch, nur die Heimreise war für'n Arsch...", entgegnet sie mir leicht lächelnd. Ich bin froh, dass ihr noch ein bisschen Humor geblieben ist. Meine Eva. Humor war bisher mit ihr immer tief und fest verbunden. Es verging kein Tag, an dem sie mich nicht zum Lachen bringen konnte. Es ist Liebe, das weiß ich. Und ich weiß auch, dass es nicht viele Worte braucht, um dieses Gefühl einander geben zu können. Das spüren wir beide. „Ich weiß. Die nächste Reise machen wir mit dem Flugzeug!" „Was? Damit wir dann im Flug das nächste Mal von Außerirdischen entführt werden? Nein, danke!", sagt Eva zynisch und grinst zu mir hoch. „Immer noch besser als Nazis.", füge ich hinzu. Sie muss leise lachen. Es ist so schön, wenn sie lacht. Sie erwärmt dadurch mein Herz. Nur für eine Sekunde. Aber für diese eine Sekunde vergesse ich unsere ganzen Probleme. Mit ihr vergesse ich immer meine Probleme. Dafür liebe ich sie. „Und, wie geht es dir jetzt? Hast du große Angst, vor dem was kommt?" Nach einigem Zögern sagt sie: „Ich hab dich, Alex. Ich wüsste nicht, was ich ohne dich täte. Das ist mein Rettungsboot. Du bist mein Rettungsboot. Es ist das Wichtigste, dass wir zusammen bleiben. Dann kann die Angst machen was sie will mit mir." Ich fühle mich berührt. Ich weiß, ich habe Verantwortung für sie, für mich, für alle. Jedoch am meisten für sie. „Ich liebe dich, Eva. Ich pass auf dich auf." „Das weiß ich doch. Ich liebe dich auch." „Wir kommen hier raus, das verspreche ich dir." „Ja ich weiß, mein Lieber." Sie gibt mir einen Kuss. Wir bleiben kurz stehen - vielleicht die letzte Chance, so intim und ruhig uns einander unsere Liebe zu zeigen. Lange schauen wir uns in die Augen, dann schließen wir wieder zu den anderen auf. „Eva, du verstehst sicher, warum wir hier nicht völlig eigennützig handeln können, oder?" „Ja. Obwohl ich wünschte, ich würde es nicht verstehen. Ich wünschte, wir könnten einfach abhauen." „Ja ich weiß, mein Liebling. Aber manchmal hat man gar keine andere Wahl. Wenn wir es nicht versuchen, diese Bastarde aufzuhalten, dann wird niemand das tun." Eva drückt meine Hand ganz fest - wir schweigen wieder wie die anderen und erkennen weit in der Ferne Lichterreihen. Scheinwerfer. Wir sind beinahe da. Bald schon werden wir die Ruhe hier im Wald ein für alle mal verlieren und in den Kampf ziehen müssen.

17

Wir kommen am Waldrand an und suchen sofort Schutz hinter dichtem Gebüsch. Da sehen wir es: Wie eine große, langgezogene Burg steht das Lager auf einmal da. Ich erinnere mich plötzlich wieder an das KZ Mauthausen. Ja, genau so sieht ein Konzentrationslager aus. Wir zählen ein, zwei, drei, vier postierte Wachposten rund um den Eingang und zwei Schützentürme. Victor bemerkt auch noch einen Hochstand an der Grenze zum Wald. Anscheinend wurden die Wachen nach der Flucht einiger Gefangener, darunter auch Krzysztof und seine Familie, in Alarmbereitschaft gerufen. Ein Durchkommen erscheint von vornherein bereits unmöglich oder zumindest dürfte es schwierig werden, hier ungehindert in die Festung zu kommen. Aber wir haben einen Vorteil: Niemand würde vermuten, dass hier jemand hinein will. Die Wachen haben nur die Festung im Auge, nicht jedoch den Wald. Ein Vorteil, auf den wir unbedingt aufbauen müssen. Mit uns rechnet hier niemand, das ist uns klar. Wer würde schon in ein KZ eindringen wollen? In großen, unförmigen Buchstaben prangt über dem Eingang der Schriftzug „Arbeit macht frei", den ich bislang nur im Fernsehen bei Filmarchivmaterial über die KZs Dachau und Auschwitz gesehen habe. Jetzt sehe ich ihn mit eigenen Augen. Dasselbe System. Dieselbe Masche. Dieselben Typen. Nur ein anderes Jahr. Es ist zum Verzweifeln. Aber wir dürfen den Kopf nicht verlieren. Unsere Aufgabe ist klar: Wir müssen in diese Festung hinein und uns Waffen besorgen. Nur wie kommen wir da hinein?

Aus dem dichten Gebüsch, zirka zehn Meter vor der Waldgrenze, beobachten wir so gut es geht das Geschehen rund um die Festung, oder zumindest den Teil der Festung, den wir eben von dort aus sehen können. Krzysztof flüstert mit Victor. Er erklärt ihm offenbar, wo und wie sie aus dem Lager flüchten konnten. Victor macht keinen begeisterten Eindruck. Er dreht sich schließlich zu uns um und macht uns mit bedrückter Miene darauf aufmerksam, dass der Tunnel, den die Gefangenen gegraben hatten und der ihnen zur Flucht verholfen hat, zurzeit wieder zugeschüttet wird und ein weiterer Wachposten dort errichtet wurde. Den Weg, den die Gefangenen genommen hatten um da raus zu kommen, können wir also nicht nehmen, um rein zu kommen. Plan A ist also in dieser Sekunde gestorben. Na toll. Was nun? Und plötzlich, wie aus heiterem Himmel ergibt sich „die" Gelegenheit. Zwei junge Soldaten kommen den Weg in unsere Richtung entlang stolziert. Sie rauchen und haben ihre

Gewehre über den Rücken nach unten hängen. Ihr Gespräch ist offenbar ziemlich unterhaltsam. Das Fernbleiben dieser Soldaten vom Lager dürfte wohl nicht ganz vorschriftsmäßig sein. Wäre es ein offizieller Auftrag, würden sie anders und in anderer Manier hier im Wald auftreten. Victor blickt kurz zu mir, da erkenne ich auf Anhieb seine Absicht. Das ist unsere Chance. Sie würden nicht vermisst werden, weil niemand weiß, dass sie überhaupt weg sind.

Er gibt mir das Handzeichen, dann geht alles sehr schnell. Als die ahnungslosen SS-Offiziere an unserem Gebüsch vorbeikommen, reißen wir mit einem Ruck beide nach unten. Victor den einen, ich den anderen. Zwei schnelle Schläge ins Gesicht. Nur ein kurzes, überraschtes Röcheln der beiden Idioten. Das war's. Es hat wie erhofft keine Aufmerksamkeit anderer auf sich gezogen. Kein Laut ist aus dem Wald zu registrieren.

Unser Plan B hat begonnen und der ist uns von Anfang an klar, ohne dass wir darüber großartig ein Wort verlieren. Victor und ich tauschen mit den bewusstlosen Männern die Kleider. So würden wir in das Lager kommen. Mit unseren Freunden als festgenommene Flüchtlinge, als festgenommene Fremde. Krzysztof lassen wir diese Tortur nicht mehr durchstehen. Wir bedanken uns herzlich bei ihm und lassen ihn zu seinen Töchtern zurück. Er wünscht uns alles Gute und verschwindet schnell in die Dunkelheit und Sicherheit des Waldes, bis wir ihn nach einigen Sekunden nicht mehr sehen können. Fertig adjustiert sehen wir uns an. Victor ist zwar Ungar, rein äußerlich sieht er jedoch beinahe wie ein normaler Österreicher aus. Von

daher dürfte es also keine Probleme geben. Wir verstecken die mit unseren alten Kleidern zugedeckten Soldaten im Gebüsch.
Nun sind wir abmarschbereit. Gott möge uns helfen, dass niemand Verdacht schöpft bei unserem Anblick. Ein falscher Schritt, eine falsche Bewegung, ein unruhiger Blick und wir würden alle auffliegen. Es steht viel auf dem Spiel, aber wie immer haben wir keine Wahl. Also stehen wir auf. Ich gebe Eva einen dicken Kuss und verspreche ihr, dass alles gut werden wird. Sie glaubt mir. Ich versuche es ebenso zu glauben. Nachdem wir bereit sind, die größte Schauspielkunst unseres Lebens zu absolvieren, gehen wir schließlich auf die Burg zu. Mit unseren Freunden vor unseren Gewehren schreiten wir über die Waldgrenze und passieren den Hochstand. Die Burg der Finsternis erhebt sich aus der Dunkelheit des Waldes. Und mir bleibt beinahe die Luft weg, als ich das erste Augenpaar sehe, das sich unseren näher kommenden Gestalten annimmt.

18

Ich merke plötzlich wie fest ich mich mit meinen steifen Fingern an mein Gewehr klammere. Es tut beinahe weh, so fest halte ich es in der Hand. Obwohl ich weiß, dass Victor sauberes Deutsch sprechen kann, will ich es nicht darauf ankommen lassen. „Na also. Schneller hab ich gesagt!", lass ich also von mir und im selben Augenblick tut es mir auch schon wieder leid. Ich lasse mir dennoch nichts anmerken. „Melde, haben bei unserer Patrouille durchs Dorf dieses dreckige Pack aufgestöbert. Wir bringen sie jetzt rein." „Warum habt ihr sie denn nicht gleich erschossen?", so der eine Wachsoldat empört. „Es wird wohl seine Gründe haben.", traue ich mich in einem schroffen Ton zu antworten, da ich weiß, dass ich einen höheren Rang als er innehabe. Ein bisschen kenne ich mich diesbezüglich aus. Der gute alte Geschichtsunterricht bei Frau Zwicker. „Wir bringen die Gefangenen jetzt zum Obersturmbannführer. Lasst uns passieren." Ich selbst bin überrascht von meiner Direktheit. Aber ich weiß, ich muss entschlossen auftreten, um hier zu bestehen. Unsere Freunde schauen wie vereinbart während der ganzen Angelegenheit immer zu Boden. Überraschenderweise gibt es keine weiteren Fragen. Die Wache tritt zur Seite und macht uns das Tor auf. Zügig und ohne jemanden in die Augen zu schauen schreiten wir mit weiteren beleidigenden Kommentaren den Gefangenen gegenüber in das Innere des Konzentrationslagers. Unter dem Schriftzug „Arbeit macht frei" hindurch in die Hölle. Wer hätte das gedacht? Wir sind in der Höhle des Löwen. Weitere Wachen stehen im inneren Hof. Eine lange, große, graue Treppe wölbt sich vor unseren Augen auf. Unbegeistert schreiten wir an den Wachen vorbei und treiben unsere Gefangenen die irrsinnig lange Treppe hinauf. An der oberen Ecke der Treppe sehen wir einen jungen Soldaten lehnen. Schütze vom Rang her - weit unter mir, das weiß ich. Meine Gelegenheit, den misstrauisch blickenden Wachsoldaten im unteren Hof Stärke zu demonstrieren. „Was soll denn das? Auf Ihren Posten Soldat!" „Herr Untersturmführer, ich..." Sehr gut, jetzt weiß ich welch Dienstgrad ich genau bin. Nicht schlecht... Untersturmführer. „Ich habe gesagt auf Ihren Posten oder ich werde diese Ungeheuerlichkeit ganz oben melden, ist das jetzt klar?", schimpfe ich in einem strengen, aber nicht zu lauten Ton. Jedoch so laut, dass die Wachsoldaten im unteren Hof genau hören können, mit wem sie es zu tun haben. Manchmal ist eben Angriff die beste Verteidigung. Das Getuschel unten hört augenblicklich auf. Der Schütze entschuldigt sich und verschwindet in der ersten Türe mit dem Wortlaut „Jawohl Herr Untersturmführer. Heil Hitler." Ich sage nichts darauf und wir gehen mit den Gefangenen weiter - Victor muss sich unterdessen ein Grinsen verkneifen. Eines ist klar, wir müssen jetzt die Waffenkammer finden, bevor unsere „hervorragende" Schauspielkunst auffliegt. Wenn wir allesamt Waffen haben und von einem Punkt aus agieren können, wird es einfacher werden. Aber wo zum Teufel sucht man in einem mehrere Hektar großen Areal nach einer vergleichsweise doch kleinen Waffenkammer? Wir brauchen einen Plan des Lagerkomplexes. Nur wo treiben wir den auf? Von der Konstruktion her sind die Konzentrationslager nach simplen, ordentlichen Prinzipien gebaut worden. Struktur ist hier das Wort. Gleichheit. Sie waren alle gleich konzipiert. Ich versuche mich zu erinnern, wo denn die Waffenkammer im ehemaligen KZ Mauthausen war. Schon der große Treppenaufgang ist mir äußerst bekannt vorgekommen

- ich habe all das schon mal gesehen. Na klar, weil alle ungefähr gleich aussehen, beinahe alle Lager dieser Größe. Die Waffenkammer war in Mauthausen im obersten Stock eines Turmes, wenn ich mich recht erinnere. Sie wird mit großer Wahrscheinlichkeit also auch hier in einem Turm sein. Nur - es gibt drei. Und wir werden nicht mit den Gefangenen durch das halbe Lager spazieren können, ohne auf unangenehme Fragen zu stoßen.

Ene mene Muh - du bist es.

Wir spazieren quer über den neuen Hof, der sich vor uns erstreckt, vorbei an Kasernen und Hütten. Das Ziel: der zweite Turm. Hier vermute ich die Waffenkammer. Naja, „vermuten" ist gut... es ist reine Raterei. Es kann genauso gut der erste Turm sein über dem Eingang, oder auch der dritte weiter hinten im Komplex. Oder auch gar keiner. Es muss nicht die gleiche Bauart sein. Verdammt, wir sind hier im Jahr 1666... wie soll man da angesichts dieser Tatsache überhaupt vernünftige Vergleiche ziehen können? Ich vertraue diesmal blind auf mein Gefühl. An gewissen Punkten im Leben muss man das einfach tun. Wir schreiten also durch den Hof. Der feste Schnee unter unseren Wehrmachtsstiefeln knirscht und die Luft ist eisig kalt. Weg war plötzlich die Wärme vom schützenden Wald. Sie würde auch nicht hierher passen. Wieder kommen wir zu Stiegen am Ende des Hofes. Sie führen zum zweiten Turm, in dem ich die Waffenkammer vermute. Victor wird unruhig. Wenn es dieser Turm nicht ist... zurück könnten wir auf keinen Fall gehen, ohne uns zu verraten. Wir sind ohnehin schon aufgefallen. Es muss einfach stimmen. Ich beiße die Zähne zusammen und hoffe, dass mich mein Gefühl diesmal nicht im Stich lässt.

Nach einer kurzen Verschnaufpause schreitet Victor voran durch die hölzerne Tür ins Innere am Fuß des Turms. Ein junger Soldat steht von einem Holztisch auf, der in Richtung Türe gedreht ist. „Heil Hitler." „Heil Hitler." Ich kann auf die Schnelle nur den Namen des Soldaten auf der Uniform erkennen. „Soldat Heinrich, Waffenkammer?", presche ich ohne einen blassen Schimmer hervor. „Jawohl, Herr Untersturmführer!" Für kurze Zeit bin ich sehr erleichtert, den richtigen Weg gegangen zu sein. Das hätte auch ins Auge gehen können. Ein Wink des Schicksals? „Sie werden bei der Wache benötigt. Dort gibt es offenbar ein Problem. Man hat mir ausdrücklich gesagt, sie sollten sofort hinunterschauen, haben Sie verstanden Heinrich?" „Aber Herr Untersturmführer, ich…" „Ich bleibe solange hier auf Ihrem Posten. Nun gehen Sie schon. Sagen Sie Untersturmführer Klein schickt Sie." Mit einem „Jawohl, Herr Untersturmführer!" stürmt Heinrich endlich zur Türe hinaus. Uns werden jetzt nicht einmal mehr fünf Minuten bleiben, bis wir hier in unseren Rollen auffliegen. Der Soldat Heinrich wird unten bei der Wache ankommen und niemand wird etwas wissen. Wahrscheinlich wird man ihn sogar exekutieren, wenn herauskommt, dass wir hier aufgrund seines Fehlverhaltens eingedrungen sind. Aber jetzt müssen wir handeln.

Eine schmale Treppe führt hoch. Zuerst blockieren wir jedoch die hölzerne Türe von innen. Während Eva und die anderen hier im Parterre des Turms warten, marschieren Victor und ich die

Treppe hoch. Als wir oben ankommen, versperren zwei Wachsoldaten den Weg zu einer Stahltüre, auf der in großen Buchstaben das Wort „Waffenkammer" steht. Nach der kurzen, allbekannten Begrüßung unsererseits geht es ganz schnell, denn es muss sein: zwei Schüsse ins Gesicht der Wachen. Wir platzieren die Leichen in die Ecke. „Leute, ihr könnt raufkommen.", schreie ich die Treppen hinunter. Verdammt, ich hatte tatsächlich Recht mit der Waffenkammer. Und ich habe zum ersten Mal in meinem Leben einen Menschen getötet. Es wird nicht das letzte Mal für heute gewesen sein, befürchte ich. Victor durchsucht die beiden toten Soldaten und findet schnell den Schlüssel zur Waffenkammer.

Oben angekommen umarmt mich Eva stürmisch. „Ich hatte so Angst um dich, als ich die Schüsse gehört habe!" „Es ist alles gut.", beruhige ich sie. Während wir die Waffenkammer aufschließen und hineinstolpern, versucht bereits jemand durch die untere Holztüre einzutreten. Spätestens jetzt werden sie merken, dass hier etwas gewaltig faul ist. Energisch wird gegen die Türe getreten. Sie wird nicht lange standhalten. Sie ist aus Holz und die ersten Balken biegen sich bereits. Wir sehen es nicht, jedoch hören wir, dass die Türe bald nachgeben wird und dann wird es so richtig ungemütlich für uns werden. Keine Rollen mehr, die wir spielen. Nur noch überleben.

In der Zwischenzeit schließen wir die Waffenkammer von innen ab und machen uns daran, brauchbare Waffen und Munition für uns zu finden. So gesehen werden wir auch hier etwas Zeit gewinnen. Hier wird man nicht so schnell reinkommen...

abgesehen natürlich von einem Schlüssel, der jedoch sicher nicht so schwer aufzutreiben sein wird. Victor, Daniel und ich rüsten uns gleichermaßen aus: eine Pistole mit voller Munition und Reservemunition in der Hosentasche. Weiters ein Maschinengewehr mit über 200 Schuss. Auch hier schieben wir uns mächtig Reservemunition in die Taschen. Wir bewaffnen uns bis an die Zähne. Ein wahrer Kugelhagel wird den Personen hinter der Türe erwarten. Ich trenne mich nur ungern von Eva, aber es würde draußen zu gefährlich werden und wenn wir zu viele sind, würden wir uns selbst in die Quere kommen. Victor und ich beschließen deshalb, dass unsere beiden Frauen hier in der Waffenkammer bleiben sollen.

Wir entdecken am anderen Ende der Kammer einen extra Raum für Sprengmunition. Dieser zusätzliche Raum ist verhältnismäßig klein und hat ein eigenes Schloss. Der perfekte Raum für die beiden Damen. Ich gebe beiden zur Sicherheit eine Pistole mit vollem Magazin für den äußersten Notfall mit. „Es wird alles gut. Wir kommen bald zurück und holen euch ab.", sage ich behutsam. Mittlerweile sind die Leute bereits durch die Holztüre hereingekommen und pochen lautstark gegen unsere Stahltüre. Jemand da draußen befiehlt einem Soldaten, sofort einen Schlüssel zu holen. Ich höre jemanden die Treppen hinunter ins Freie jagen. Sie werden bald da sein und hereinkommen. Vielleicht noch weitere drei Minuten. Eva nimmt den Schlüssel mit und schließt sich mit Manuela in der kleinen Sprengstoffkammer ein. Es wird niemand vermuten, dass hier jemand drinnen ist. Währenddessen warten Victor, Daniel und

ich bis auf die Zähne bewaffnet mit dem Maschinengewehr im Anschlag auf das Antreffen der ungebetenen SS-Gäste. „Machen wir diesen Schweinen Feuer unterm Arsch.", so Daniel. Ich komme mir plötzlich vor wie in einem Rambo-Streifen. So stehen wir da, zwei uniformierte SS-Offiziere und ein gefangengenommener Untermensch, alle drei die Waffen auf die stählerne Türe gerichtet, wartend auf den Moment, in dem sie aufschwingt. Und der wird bald kommen.
Ich höre die unbeholfenen, schnellen Schritte auf den Stufen. „Absolute Ruhe! Ihr dürft euch nicht bewegen da drinnen.", mache ich letzte Befehle in Richtung Sprengstoffkammer. „Gezielte Schüsse Freunde, kein Geballer. Ihr wisst, wir sind hier in einer Waffenkammer - also aufgepasst, auf was ihr schießt!", erinnert uns Victor. Wie Recht er hat: Ein falscher Schuss auf eine Granate und wir gehen hier in die Luft, ohne großartig etwas ausgerichtet zu haben. „Victor, wir müssen danach versuchen, die Gefangenen zu befreien, sie mit Waffen ausstatten und dann die ganze Festung stürmen." „Ein toller Plan, doch zuerst müssen wir die Gefangenen finden.", sagt er in einem sarkastischen Ton. „Daniel, du bleibst hier. Hier hast du genug Munition, um dich und die Waffenkammer zu verteidigen, bis wir wieder zurück sind, alles klar?" Daniel nickt mir eifrig zu. Im unteren Vorraum habe ich an der Pinnwand hinter dem Holztisch des Soldaten einen Plan des Komplexes gesehen. An diesem müssten wir uns orientieren können.
Plötzlich Geräusche an der Türe. Der Schlüssel ist da. Wir postieren uns und werden sofort losschießen, auf alles was sich

draußen vor der Türe bewegt. Wir warten auf den Spalt, der kommen wird. Unweigerlich. Das Geräusch hört schließlich auf. Die Türe war aufgesperrt. Und da kommt der Spalt und ab sofort fallen aus der Waffenkammer Schüsse aus drei Positionen: Kopfhöhe, Brusthöhe, Beinhöhe. Schnell durchlöchern unsere Kugeln die Körper der Feinde. Als wir die Stahltüre aufstoßen, stürmen die drei unten wartenden Soldaten über die Stufen zu uns hinauf. Es überrascht uns nicht. Wir schießen auch sie ohne mit der Wimper zu zucken nieder. Nur kurze Schreie geben sie von sich, während sie wieder die Treppen hinunterfallen.

Die leblosen Körper der neun Soldaten legen wir in die Waffenkammer. Daniel zieht sich die Uniform eines toten Offiziers an und magaziniert sein Maschinengewehr wieder auf. „Alles in Ordnung. Alles nach Plan!", macht er eine Entwarnung in Richtung Sprengstoffkammer, zur Beruhigung der Frauen. Victor und ich machen uns währenddessen nach unten auf und studieren den Plan des Lagerkomplexes. Die Gefangenenlager befinden sich im Kellergeschoß. Jetzt liegt es an uns, die Gefangenen zu befreien und ihnen Waffen auszuhändigen. Doch vorher müssen wir das Zeitportal finden. Das muss doch hier irgendwo sein in diesem riesigen Komplex...

Wir stoßen schließlich auf einen grün markierten Bereich im Plan, der nur mit „X-88" gekennzeichnet ist, sonst sind alle Bereiche des Lagers mit ihren Namen beschriftet. Verdächtig also. Das muss die Bezeichnung für das Portal sein. Nachdem ich den Plan von der Wand gerissen und mir in die Jacke gesteckt habe, blicke ich auf meine Uhr. Es ist mittlerweile kurz nach drei Uhr morgens, als wir die Türe nach draußen in die kalte Dezembernacht aufstoßen. Das Töten von Menschen fällt mir schon gar nicht mehr schwer und ich fange langsam an zu überlegen, ob die Grenze des Erträglichen nicht schon weit hinter uns liegt. Schneeflocken wirbeln uns ins Gesicht und die Kälte reißt mich aus meinen Gedanken. Das Töten wird nicht mehr aufhören, habe ich im Gefühl. Nicht heute Nacht. Nicht, wenn wir überleben wollen.

19

So stürmen wir also in Nazi-Uniformen gekleidet und mit dem eben studierten Plan im Kopf die Steintreppe hinunter in den oberen Hof. Mit schnellem Schritt eilen wir über den offenen Hof und suchen den Gang, der direkt zum Bereich X-88 führen soll. Prompt finden wir ohne weiteres Aufsehen zu erregen den im Plan deutlich markierten Gang, von dem nur noch wenige Meter entfernt das erhoffte Portal auf uns wartet. Getrennt durch eine abgeriegelte Stahltüre. Jetzt sehen wir sie auch. Natürlich ist sie bewacht. Und zwar nicht gerade dürftig, wie uns auffällt. Zwei Wachsoldaten patrouillieren am Beginn des Ganges, der zur Türe führt und dann noch einmal zwei Wachsoldaten, die direkt vor der Stahltüre stehen. Bis hierher ist es ein leichtes gewesen, nicht aufzufallen. Immerhin sind wir in SS-Uniform und noch dazu ist es mitten in der Nacht. Der Großteil des Personals schläft. Die Schüsse im Waffenkammer-Turm hat offenbar niemand gehört, sonst hätten wir hier wohl kaum so unbemerkt und ohne Probleme durch den Hof schlendern können. Es herrscht hier gespenstische Ruhe.

Die absolut klirrende Kälte macht unseren Lungen schwer zu schaffen: Ständig muss ich husten. Immer wieder ermahnt mich Victor zur Ruhe. So stehen wir also um die Ecke des langen Ganges, der zum Bereich X-88 führt. Wie würden wir da wohl hineinkommen? Wie können wir die Wachsoldaten nur überlisten? Victor hat diesbezüglich anscheinend schon etwas weiter gedacht als ich, so beugt er sich zu mir rüber und flüstert: „Da ist im Moment nichts zu machen. Ich würde vorschlagen, wir versuchen zuerst die Gefangenen zu befreien. In dem Chaos das dann entsteht, haben wir vielleicht bessere Chancen in diesen Bereich zu kommen. Was meinst du?" „Womöglich hast du Recht, Victor. Wir müssen rauf zur Waffenkammer und die Waffen besorgen." „Wir haben volle Magazine - ich schlage vor, wir gehen zuerst rein und überwältigen die Wachen in den Gefangenenlagern. Dann kann einer von uns immer noch die Waffen mit den anderen holen. Eins nach dem anderen." Bei Victor hört sich jeder Plan so einfach an. Aber ich weiß ganz genau, dass es wieder schwieriger werden würde, als uns lieb war. Ich nehme allen Mut zusammen, den ich noch habe und folge Victor wieder über den Hof in Richtung der

Gefangenenlager nach unten. Jetzt wird der Krieg erst richtig beginnen. Und ein Zurück gibt es jetzt nicht mehr.

Schnell finden wir die Stiege hinunter zu den Gefangenenlagern. Bevor ich überhaupt beginnen kann zu überlegen, wie wir in die unteren Bereiche des Lagers vordringen können, ist der Ungar bereits mittendrin, die Sache für uns zu „regeln". Schon steht er vor dem Wachsoldaten und spricht ihn ruhig an. Offenbar sieht der Wachsoldat in ihm kein Feindbild oder registriert schlichtweg zu spät, was er vorhat. Auf jeden Fall sehe ich Sekunden später Victor ihm die Kehle zerdrücken. Der Soldat bringt ausser einem überraschten Röcheln nach Luft nichts mehr aus seiner Kehle heraus. Dann wird ihm wahrscheinlich irgendwann schwarz vor seinen Augen und er sackt in sich zusammen. Ich blicke verblüfft zu Victor. „Kenntnisse einer missratenen Jugend.", scherzt er. Ich bin ganz und gar schockiert und überrascht von Victors schnellem Handeln. Ich hätte ihm einfach eine Kugel in den Kopf gejagt. Victor findet eine elegantere Methode, unsere Feinde auszuschalten.

Unten in den Gefangenenlagern bräuchten wir nicht mehr so aufpassen, aber bevor wir nicht im verschlossenen Bauch des Konzentrationslagers sind, müssen wir höllisch aufpassen, nicht schon vor unserer Rettungsaktion die Aufmerksamkeit der gesamten Schutzstaffel dieses Lagers auf uns zu richten.

Wir nehmen der toten Wache den Schlüsselbund ab und öffnen kurzerhand nach mehrmaligem Durchprobieren mit dem richtigen Schlüssel die schwere Eisentüre ins Bauchinnere der großen Bestie. Heiße, verbrauchte Luft strömt uns entgegen, als wir eintreten. Unser Blick fällt sofort auf die zig riesigen, rechteckigen Käfige, in denen es von Menschen nur so wimmelt. Wimmern... Grauen erregendes, markerschütterndes Wimmern dringt bis in die feinsten Fasern meines Körpers. Ich habe so etwas noch nie in meinem Leben gesehen. Höchstens in Filmen, in Dokumentationen. Und selbst da kam es mir immer künstlich vor. Ich starre wie gelähmt auf die Käfige, in denen Menschen wie Tiere gehalten werden. Ein langer Gang bestehend aus zig Käfigen, die aneinander gereiht einen elendslangen Weg des Grauens ausmachen.

In der Ferne erkennen wir einen weiteren Wachsoldaten, der hier wohl seine Runden geht. Mit Sicherheit hat er die Schlüssel für die einzelnen Käfige. Also schreiten wir zielstrebig auf ihn zu. Als wir näher kommen, bleibt der Wachsoldat stehen und dreht sich zu uns um. Unsere Uniformen geben ihm ein vertrautes Bild. „Heil Hitler!", gibt er von sich. Als wir bei ihm ankommen begrüßen auch wir ihn. Und jetzt geht es los: Ich erhöhe plötzlich mein Tempo, laufe am völlig perplexen Wachsoldaten vorbei und erkenne weiter hinten auch schon einen weiteren Soldaten, der ebenfalls auf Streife unterwegs ist und noch weiter hinten die Eisentüre, die aus dem Gefangenenlager wieder herausführt. Ich höre es hinter mir zweimal kurz knallen und weiß ganz genau, was soeben geschehen ist. Noch ehe der zweite Wachmann überhaupt begreift, was zum Teufel hier los ist, habe ich ihn bereits ebenso mit zwei Kugeln bedient. Geräuschlos sackt auch er zusammen und bleibt regungslos liegen. Um die leblosen Körper der beiden Wachsoldaten kümmern wir uns nicht, wir nehmen ihnen nur die Schlüssel ab.

Victor kommt schließlich zu mir nach hinten und blickt auf den zweiten toten Wachmann. „Gute Arbeit, Alex. Schnell geschaltet." Plötzlich hören wir es: ein Schlüsselgeräusch an der hinteren, zweiten Türe. Noch bevor ich richtig begreife, was soeben geschieht, läuft Victor im Höllentempo an mir vorbei und noch ehe die Türe richtig aufgeht, zieht er den von draußen kommenden Wachsoldaten herein, der offenbar die Schüsse mitbekommen hat und nachsehen will, und streckt ihn mit einem Kopfschuss nieder. Das Blut spritzt Victor dabei ins Gesicht. Erbarmen kennt er nicht.

Während er sich die letzten Gehirnfetzen vom Gesicht und von der Uniform wischt, sagt er: „So, jetzt haben wir erstmal Ruhe, hoffe ich." „Ich bin echt verblüfft, Victor. Jetzt darf wohl ich sagen: gute Arbeit. Schnell geschaltet!" Victor muss grinsen. „Ich werde jetzt die anderen holen, Alex. Wir bringen so viele Waffen mit, wie wir tragen können. Und dann schießen wir uns den Weg aus diesem Drecksloch mit all den Insassen hier frei." Mir kommt nur ein kurzes „Pass auf!" über meine spröden Lippen und schon sehe ich nur noch die schwere Eisentüre wieder ins Schloss fallen. Nun bin ich allein - übrigens zum ersten Mal auf diesem Höllentrip. Allein mit drei toten Wachsoldaten, deren Blut langsam aber sicher den glatt polierten Boden hier bedeckt. Tja, nur ein toter Nazi ist ein guter Nazi, hab ich Recht? Die eingetretene Ruhe nach unseren Pistolenschüssen scheint sich zu verflüchtigen - die Geräuschkulisse hier drinnen beginnt wieder heftig anzusteigen. Ich wünschte, ich könnte den Menschen hier etwas zur Beruhigung sagen. Aber ich kann nunmal leider kein Ungarisch und auf Englisch würde es auch nichts bringen. Immerhin sind wir hier im Jahr 1666 und nicht im Jahr 2008. Und so nebenbei gesagt: In meiner SS-Uniform sehe ich auch ganz bestimmt nicht wie ein Retter für sie aus. Aber das muss ich auch nicht. Also starre ich weiter in den tiefen Gang hinein und zähle die Sekunden, bis Victor mit unseren Leuten, mit Eva wiederkommen wird. Hoffentlich haben sie keine Schwierigkeiten. Ich bin auf einmal so müde... die Erschöpfung nagt an mir. Mit dem Maschinengewehr in der Hand und die Pistole im Halter, gehe ich den Gang ab und beobachte die Menschenmassen, wie sie hektisch versuchen, sich einen Reim daraus zu machen, was wir hier eigentlich tun. Schließlich zeige ich mit meinem rechten Daumen nach oben und sage „rescue", während ich neben den vollen Käfigen hergehe. Immer wieder „rescue". Sie machen nicht wirklich den Eindruck, als ob sie mich verstehen würden. Im 17. Jahrhundert war (oder ist) es natürlich nicht üblich, so wie heute, die englische Sprache zumindest teilweise zu beherrschen. Aber gut... Trotz eines mittleren Geräuschpegels von Wimmern und Schluchzen ist die allgemeine Stimmung nach der Hinrichtung der Wachen nicht wirklich schlecht. So kommt es mir zumindest vor. Victor hätte trotzdem bei ihnen bleiben sollen. Er könnte ihnen alles erklären. Aber was mache ich? Ich kann ihnen nur entgegensehen und hoffen, dass Victor bald mit den anderen hier auftauchen wird. Wo ich auch hingehe, die Augen der

Gefangenen starren mich an. Wissen anscheinend nicht, was sie in mir sehen sollen. Einen Retter? Einen weiteren Peiniger? Der Feind meines Feindes ist mein Freund, nicht wahr? Demnach müssten sie Hoffnung in mich haben.
Victor ist erst zehn Minuten weg. Und doch fangen die Zahnrädchen in meinem Hirn an, sehr unangenehm zu rattern. Wieder zähle ich die Sekunden. Diese Minuten hier alleine mit den Gefangenen kommen mir vor wie eine Ewigkeit.

20

Diese Gefangenen sehen so hilflos aus. Sie warten im Endeffekt alle auf den Tod - oder darauf, Bestien zu werden. Ich weiß ehrlich gesagt nicht, was schlimmer ist. Wahrscheinlich ist der Tod in diesem Fall besser. Ja, manchmal ist der Tod besser.
Wir sind ihre einzige Chance. Die einzige Chance auf Rettung. Auf Hilfe. Auf Leben. Auf Hoffnung. Tief in meinen Gedanken versunken, bemerke ich zuerst gar nicht wie die Türe auffliegt. Hektisch hantiere ich mit dem Gewehr bis ich endlich erkenne, dass es meine Freunde sind. Victor voran. Eva. Manuela. Daniel. Allesamt mit Waffen bestückt. Und nicht zu wenige. Während Victor durch den langen Gang geht und den Gefangenen mit aller Kraft etwas auf ungarisch zuruft, lege ich meine Hände um

Eva. Die Hektik um uns herum ist für kurze Zeit vergessen und ich bin so erleichtert, dass sie es bis hierher geschafft haben. Die schlimmste Hölle steht uns noch bevor. Das wissen wir. Die Reaktion der Gefangenen auf Victors Worte ist überwältigend: Jubelschreie und Hoffnung erfüllen den gesamten unterirdischen Bereich. Offenbar hat Victor sie jetzt über unseren Plan in Kenntnis gesetzt. Insgesamt konnten Victor, Eva, Manuela und Daniel zirka 50 Schusswaffen in Rucksäcken mit nach unten nehmen. Das ist nicht gerade viel, wenn man bedenkt, dass hier mehr als das zehn- bis zwanzigfache an Menschen eingesperrt sind. Da jedoch auch sehr viele Kinder und alte Menschen unter der Menschenmasse sind, ist es nicht ganz so schlimm wie angenommen. Victor erklärt den Gefangenen, dass sie sich selbst organisieren müssen. Wir können ihnen nur die Türen aufmachen und ihnen Waffen zur Verfügung stellen, den Weg frei kämpfen müssen sie sich selbst. Jeder halbwegs starke Mann, der unter ihnen ist, soll für eine Gruppe von ungefähr 10-20 Leuten verantwortlich sein und eben für sich und seine Gruppe den Weg nach draußen freischießen. Um das tun zu können, bekommt jeder dieser Männer eine Schusswaffe für Angriff und Verteidigung.

Wir öffnen schlussendlich die Käfige. Von Panik keine Spur. Jeder weiß anscheinend, dass nur wenn wir zusammenarbeiten der ganze Ausbruch hier funktionieren kann. Panik und Hektik wären im Moment völlig unangebracht. Man müsse sich gut organisieren, so Victor immer wieder zu den Menschen. Sie verstehen nur zu gut. Vor allem natürlich auch, weil es ein Ungar ist, der zu ihnen spricht. Das gibt ihnen Mut, nehme ich an. Vertrauen. Jeder der stark genug dafür aussieht um damit umzugehen, bekommt ein durchgeladenes Maschinengewehr mit voller Munition. Viel gibt es nicht zu erklären... Victor zeigt jedem einzelnen, wie man schießt und nachlädt - es ist keine Hexerei. Sie müssen nur aufpassen, sich nicht gegenseitig zu erschießen.

Wir wissen, dass viele von ihnen draußen fallen werden. Dass viele von ihnen es nicht schaffen werden. Vor allem die ersten Reihen werden wie die Fliegen fallen. Aber diese hunderte von Menschen, die sich gegen ihre Peiniger wehren, werden schlichtweg das KZ überrollen und nach draußen durch die Nacht in den Wald verschwinden. Viele werden den Ausbruch nicht überleben, aber ein großer Teil schon. Mehr können wir leider nicht tun. Wir geben diesen Menschen die Chance, sich selbst zu verteidigen, an etwas zu glauben, zu hoffen. Die Chance auf ein Leben. Das geben wir ihnen.

Wir koordinieren uns: Wir sind die ersten, die aus dem Kellerlager heraustreten und Posten beziehen. Scharfschützen sozusagen. Um Deckung zu geben. Die Waffenträger sind verteilt in der Masse.

Victor gibt schließlich das Zeichen und schreit ganz laut „Roham! Támadás!", was offenbar so viel bedeutet wie „Angriff!", denn die Meute hinter uns bricht los. Und ein Schwall voller Hoffnung, ein Schwall voll plötzlicher Energie, die verloren schien, ein Schwall voll Leben, ein Schwall voll Menschen, die sich wehren wollen, strömt aus den Türen des Gefangenenlagers die Treppen

hinauf, über den restlichen Hof hinweg und in Richtung der großen Tore. Tore, hinter denen die Freiheit wartet. Tore, die sie das letzte Mal gesehen hatten, als sie hierher gebracht wurden um sie nie wieder zu sehen.
Voller Angriff. Die ersten Schüsse fallen. Von uns Scharfschützen. Zwei Wachsoldaten fallen um. Schuss drei. Schuss vier. Wieder zwei weniger. Noch drei Schüsse mehr, dann können wir ihnen nicht mehr helfen - die ersten Flüchtenden kommen bereits bei der großen Treppe an und die anderen Soldaten sind für uns leider schon außer Sichtweite. Jetzt liegt alles nur am Überraschungseffekt und an den sich befreienden Menschen selbst. Unsere Arbeit ist getan.
Dann plötzlich - Schüsse. Schreie. Es gleicht einem Albtraum aus Kugelhagel und Gebrüll. Ob die Todesschreie von den Angreifern oder von den Überraschten stammen, können wir nicht mehr unterscheiden. Da nicht sehr viele Soldaten postiert sind um diese Zeit, ist es wohl der perfekte Zeitpunkt für einen organisierten Ausbruch. Auf die beiden Wachtürme außerhalb des Lagers muss natürlich Rücksicht genommen werden. Kurz vor dem Tor im freien Bereich werden also die meisten Leute fallen. Aber die Mehrheit wird es schaffen. Das ist eine mathematische Gewissheit, das wissen wir.
Ich blicke auf die Uhr... es ist jetzt zwanzig nach vier Uhr früh, als die ersten Gefangenen aus diesem riesigen, nicht enden wollenden Schwall den unteren Hof und das Tor erreichen und alles niederschießen, was ihnen in die Quere kommt, so wie von Victor befohlen.

„Jetzt beginnt die tatsächliche Säuberung dieser Welt.", meint Victor grinsend. Ich muss lachen. Während noch die letzten Gefangenen mit Waffen bestückt aus dem Gefangenenlager über den Hof in Richtung Freiheit laufen, machen wir uns auf den Weg, nun unsere Ärsche zu retten. Wir müssen jetzt versuchen, in den Bereich X-88 einzudringen. Das wird nicht einfach werden. Sicher, die Wachen haben im Moment alle Hände voll zu tun, den Ausbruch der Gefangenen so gut es geht zu verhindern, trotzdem ist es nicht ganz einfach in diesem Kugelhagel, der mittlerweile aus allen Ecken und Enden des riesigen Lagerkomplexes kommt, zügig voranzukommen. Immerhin ist mittlerweile aus den hinteren Baracken der Offiziere und Wachsoldaten natürlich auch schon permanentes Feuer zu sehen und vor allem zu hören. Ein gemütlicher Spaziergang über den Hof zurück nach oben zum Bereich, in dem wir das Zeitportal vermuten, dürfte es wohl nicht werden.

Ich hole den Plan des Lagerkomplexes aus meiner Tasche. Es muss doch Schleichwege oder andere Möglichkeiten geben, um zum grün gekennzeichneten Bereich zu kommen. Und die gibt es tatsächlich. Victor reißt nach wenigen Sekunden den Plan an sich und ruft uns bereits im Laufen zu: „Kommt schon, Leute." Ohne Victor wären wir hier und heute bereits zehnmal gestorben. Wie gut, ihn bei uns zu haben. Wir folgen ihm ohne zu zögern.

21

Victor findet tatsächlich einen schmalen Weg durch Lagerbaracken, der uns den gefährlichen Spaziergang durch den breiten, offenen Hof erspart. Eine weitere Treppe hoch und am Boden kriechend erreichen wir schlussendlich den oberen Hof. Von unten sind unverändert spitze Schreie und donnernde Maschinengewehre zu hören. Die Gewehre der Flüchtenden, wie wir alle hoffen. Wie viele von ihnen mögen es schon geschafft haben und im Wald sein? Wie viele von ihnen sind bereits tot, haben es nicht geschafft?
Als wir bereits in der Ferne den Gang sehen können, erkennen wir sofort, dass nur mehr die Hälfte der Wachen vor dem Bereich X-88 anwesend ist. Die anderen sind mit Sicherheit nach unten zu den Toren kommandiert worden. Als wir endlich im Gang ankommen, fackeln wir nicht lange: Aus dem Nichts kommend schießen wir die beiden verbliebenen Wachen mit rasanter Treffsicherheit ruhig und gezielt über den Haufen. Auch in diesem Moment überrascht es mich wieder, wie leicht es mir von der Hand geht, Menschen zu töten. Aber es bleibt keine Zeit für Überlegungen. Mit dem Schlüssel der toten Wachen gelangen wir in den Innenraum.
Dort ist es auch schon und blickt uns frech entgegen. Es gibt keinen Zweifel, dass das was wir hier in knapp 20 Metern Entfernung sehen, das Zeittor ist. Das Zeitportal, durch das die

Nazis in diese Zeit kommen. Ein riesiges quadratisches, silbernes Etwas auf einem erhöhten Sockel in der hinteren Mitte des Raumes. Plötzlich zieht Victor ohne Vorwarnung mit dem Maschinengewehr durch. Vier Soldaten, die ich in der Aufregung des Moments nicht mal bemerkt habe, fallen zu Boden. „Anscheinend wurden hier auch schon einige nach unten zu den Toren kommandiert.", so der treffsichere Ungar.

„Aber nicht alle.", ertönt es plötzlich von hinten und ehe mein Gehirn diese Information verarbeiten kann, höre ich einen hallenden Knall und spüre mit sofortiger Wirkung einen warmen, pulsierenden Druck im Rücken. Ehe ich überhaupt richtig überlegen kann, was geschehen ist, knicke ich bereits zusammen und schlage mit dem Kopf auf die harten Bodenplatten auf. Autsch - das tut weh. Ich vernehme Schüsse aus dem Maschinengewehr. Dann rüttelt jemand wie wild an mir. Das muss meine Eva sein. „Oh mein Gott, Alex... Alex... bitte sag doch was!" Anscheinend bin ich getroffen worden von einem Typen, den wir übersehen hatten. Ich habe furchtbare Kopfschmerzen. Während sich die Stimmen um mich herum mehren und vermischen, wird plötzlich alles schwarz.

Grelles Weiß, als ich meine Augen öffne. Bin ich tot? Nein. Ich blicke nur in die grellen Neonleuchten, die an der Decke montiert sind. Manuela legt mir gerade einen Verband an. „Durchschuss.", höre ich von Victor, der sich über mich beugt. „Deine Schulter. Du kannst von Glück reden, dass dieser deutsche Idiot nicht gut zielen konnte. Ich hab den verdammten Kerl einfach nicht gesehen." Als ich endlich begreife und eins und eins zusammen zähle, sind plötzlich die Kopfschmerzen wieder da. Oh, so wie sich das anfühlt, bekomme ich da wohl eine ganz schöne Beule an der Stirn. Naja, wenn's schlimmer nicht ist.

Manuela hilft mir schließlich auf. Wir müssen uns beeilen. „Wie lange war ich weg?", frage ich sie. „Nicht ganz fünf Minuten. Ein Verbandskasten war gleich in der Nähe. Du hattest echt Glück... ein glatter Durchschuss ist nicht gefährlich. Und es blutet auch gar nicht mehr." „Danke, Manuela", sage ich mit schmerzverzerrtem Gesicht, „aber verdammt wehtun tut's trotzdem." Da sehe ich endlich Eva auf mich zukommen. Sie umarmt mich vorsichtig und streichelt mir über meine fettigen Haare. „Ich bin ja so froh, dass es dir gut geht, mein Schatz! Ich hatte solche Angst um dich.", flüstert sie mir ins Ohr.

Victor steht mittlerweile vorne beim Zeittor und studiert den schwarzen Kasten vor dem riesigen, seltsam aussehenden Quadrat. Wir gehen zu ihm. „Mit Hilfe dieses Portalcomputers stellt man offensichtlich die Zeit ein. Es ist gar nicht schwer." Tag. Monat. Jahr. Sogar die Uhrzeit. Und natürlich die Koordinaten-Eingabe des Zielortes.

Es ist äußerst verlockend, jetzt gleich von hier zu verschwinden. Aber natürlich weiß ich, dass wir das nicht tun können. Wie mit Victor und den anderen vereinbart, gibt es hier noch Arbeit für uns. Jetzt, wo wir die Gefangenen befreit haben oder ihnen zumindest den Weg für einen eigenen Angriff geebnet haben, bleibt aus unserer Sicht hier noch eins zu tun: Wir müssen dieses KZ mit all seinen verbliebenen Nazis und den Werwölfen in die

Luft jagen. Sprengkörper haben wir genug in der Waffenkammer gefunden. Wir müssen diese nur gleichmäßig im Lagerkomplex verteilen und gleichzeitig zünden. Das ist der Plan. Der letzte Plan. Wir dürfen den Nazis nicht das leere Konzentrationslager und das Zeitportal überlassen. Sie würden immer wieder hierher zurückkehren und neu anfangen. Das Zeitportal muss also zerstört werden. Klarerweise erst dann, wenn wir bereits wieder in unserem Jahr 2008 angelangt sind.

Ich blicke auf meine Armbanduhr: Es ist viertel nach fünf Uhr früh. Wir beraten uns und stellen den Zeittor-Timer auf 07:30 Uhr ein. Bei Sonnenaufgang werden wir also von hier verschwinden. Und das KZ wird mit all seinen verbliebenen Monstern, Nazis und Werwölfe gleichermaßen, zu Beginn des neuen Tages als heller Stern einer gewaltigen Explosion den Beginn einer neuen Ära einläuten. Eine Zeit ohne Unterdrückung.

Heute ist übrigens der 31. Dezember. Wenn das also kein gutes Ende für dieses Jahr 1666 ist, dann weiß ich auch nicht mehr. Uns bleiben also zwei Stunden Zeit, das Konzentrationslager, das die Nazis hier nahe der Stadt Wolkov errichtet haben, für ein Silvesterfeuerwerk erster Güte vorzubereiten. Viel Zeit ist es nicht, also schreiten wir zum letzten Plan unserer großen Befreiungsaktion.

Daniel wird wieder zur Wache abkommandiert - er soll vor dem Zeitportal auf uns warten und im Notfall die Zeit um wenige Minuten verlängern, falls wir noch nicht da sein sollten. Grundsätzlich haben wir gemeinsam beschlossen, die

Sprengkörper um exakt 07:35 Uhr zünden zu lassen. Es bleibt also nicht viel Spielraum. Daniel soll alleine verschwinden, wenn wir bis 07:34 Uhr noch nicht hier sein sollten, denn eine Minute später wird hier alles in die Luft gehen. Die Uhr tickt.
Das nächste Ziel von uns vieren: die Waffenkammer. Während wir die Stahltüre zum Bereich X-88 hinter uns schließen, blicke ich aufgeregt auf meine Uhr. Wir müssen uns beeilen.
Die eisig kalte Luft riecht nach verschossener Munition. Die Sonne wird erst in knapp zwei Stunden aufgehen und nach den ersten Metern bilde ich mir ein, ein Knurren gehört zu haben. Hinter den dünnen Wolken ist der Mond zu sehen. Meine Schulter brennt wie die Hölle, aber das ist zurzeit mein geringstes Problem, befürchte ich.

22

Von unten sind immer noch Schüsse zu hören, jedoch sind es nur noch einzelne, nicht mehr das große Rumgeballere wie noch vor einer halben Stunde. Wie wird es unten im Hof wohl aussehen?
Als wir oben im Turm ankommen, sind wir erstaunt, dass die Waffenkammer noch genauso aussieht, wie Victor sie das letzte Mal mit den anderen verlassen hat. Es ist offenbar niemand mehr

hier gewesen seither. Victor sieht sich kurz in der Sprengstoffkammer um und schon muss ich ihm helfen, einen Haufen kleiner schwarzer Boxen und einige rote Drähte aus der kleinen Kammer in den größeren Raum zu befördern. „Woher kennst du dich so gut aus mit diesen Sprengsätzen?" „Wie ich schon sagte, Alex - Kenntnisse einer missratenen Jugend." Langsam aber sicher scheint das zum Leitspruch des gesamten Trips zu werden und ich muss mir immer wieder die Frage stellen, was zum Teufel Victor tatsächlich in seiner Jugend gemacht hat, weil er sich in manch seltsamen (aber auch nützlichen) Dingen so gut auskennt.
Schlussendlich ist es mir zu blöd: „Victor, was hast du gemacht in deiner Jugend, kannst du mir das einmal sagen?" Während er weitere Sachen aus der Sprengstoffkammer holt, fängt er schließlich zu erzählen an: „Glaub mir, du willst das nicht alles wissen. Sagen wir es mal so: Ich war in meiner Jugend nicht gerade der Musterjunge. Ich hab vieles falsch gemacht in meinem Leben. Bin auf die schiefe Bahn gekommen. Hab mich mit den falschen Leuten eingelassen und habe dadurch verheerende Fehler gemacht, die man nie wieder gut machen kann. Doch irgendwie kommt es mir so vor, als könnte ich diese Dinge jetzt zum Guten verwenden. Dieses Gefühl habe ich jetzt schon den ganzen verdammten Trip lang. Es ist als wäre diese ganze Scheiße von früher für etwas gut gewesen. Als bekäme ich eine zweite Chance. Nur diesmal, um meine dunklen Kenntnisse für das Richtige einzusetzen. Verstehst du?" „Ja Victor, ich denke, ich verstehe dich sehr gut."

Es ist nicht mein Recht, alle Details über diesen Mann zu erfahren. Aber dieser Gedanke, dass wir hier nicht grundlos gelandet sind, schwebt mir auch schon längere Zeit im Kopf herum. Jeder leistet seinen Beitrag hier, dass die Sache funktioniert. Dass wir überleben. Dass dieses Machwerk des Teufels zerstört wird. Ich habe leider keine Zeit mehr, weiter darüber nachzudenken - es würde ja doch nichts rauskommen. Es ist nur schön, dass ich mit diesem Gedanken nicht alleine bin. Ich, der Skeptiker. Ich muss mich wirklich totlachen, wenn ich an den Typen denke, der ich vor „dem Zug" war. Der Zug - er hat alles für immer verändert. Für uns alle. Mit einem Schlag hat er uns mit Dingen konfrontiert, von denen wir dachten, sie existieren nicht. Mit Dingen, die längst vergessen waren. Mit unseren tiefsten Ängsten. Mit uns selbst hat er uns konfrontiert. Mit unserer Belastbarkeit. Mit unserem Überlebenswillen. Mit unserer Moral. Mit unserem Mut. Ja selbst mit unserem eigenen Tod hat „der Zug" uns konfrontiert.

Und jetzt müssen wir zusehen, dass wir hier wegkommen. Victor erklärt uns die Sprengsätze. Sie sind wirklich nicht schwer zu durchschauen und es ist immer dasselbe Muster. Wir müssen sie scharf machen, zwei Drähte miteinander verbinden, die Zeit einstellen und das Sicherungsplättchen rausbrechen. Das war's. Sogar ein Kind könnte es machen. Es muss einem eben nur gut erklärt werden. Victor ist ein Meister in diesem Fach. Er erklärt es so, dass ihn sogar ein Fünfjähriger verstehen würde. Als Uhrzeit der Detonation haben wir genau 07:35 Uhr vereinbart. Fünf Minuten vorher würden wir nach Plan in unsere Zeit zurückreisen. Nach Plan. Bis jetzt hat eigentlich hier im KZ alles nach Plan funktioniert. Es ist fast schon unheimlich. Ich hoffe, unser Glück kann noch etwas anhalten. Wir sind nämlich alle ziemlich am Ende.

Wir teilen uns in zwei Gruppen auf. Victor und Manuela werden insgesamt fünf Sprengsätze im gesamten Lagerkomplex verteilen und aktivieren. Eva und ich weitere vier. Einen zusätzlichen Sprengsatz aktivieren wir gleich gemeinsam hier in der Waffenkammer, genauer gesagt in der Sprengstoffkammer. Hier allein würde genügen, um mehr als das halbe Areal wegzureißen, aber wir müssen ganz sicher gehen. Victor erklärt uns anhand dieses einen Beispiels alles noch einmal praktisch. Aber es ist wirklich einfach. Nachdem wir die erste Bombe hier in der Sprengstoffkammer auf 07:35 Uhr scharf gemacht und anschließend versteckt haben, sprechen wir uns noch über die Areale kurz ab, in denen wir die Sprengsätze verteilen müssen. Eva und ich bekommen den gesamten unteren Bereich, sprich die Gefangenenlager und die Experimentierräume, von Victor zugeteilt. Victor und Manuela übernehmen den gesamten oberen Bereich, der weitläufiger ist, jedoch nicht so stark bebaut ist wie unserer. Treffpunkt soll dann wieder der Bereich X-88 sein. Beim Zeitportal. Victor und Manuela werden dort auch einen Sprengsatz deponieren. Mein Blick fällt auf die Uhr: Es ist bereits kurz nach sechs Uhr morgens. Von der Sonne ist noch weit und breit nichts zu sehen. In knapp eineinhalb Stunden müssen wir weg. Wir wünschen uns Glück und machen uns getrennt auf den

Weg. Victor und Manuela hinweg über den zweiten oberen Hof, Eva und ich in jene Bereiche, die wir am meisten fürchten.

Wir laden unsere Maschinengewehre noch einmal durch und schleichen die erste Stiege hinunter. Wie sieht es wohl im unteren Hof aus? Diese Frage geistert durch unsere müden Köpfe.

23

Als wir gerade den ersten Fuß in den Hof setzen wollen um besser nach unten sehen zu können, läuft plötzlich ein Soldat mit einem irren Tempo an uns vorbei. Er würdigt uns nicht einmal mit einem Blick, obwohl er uns eigentlich hätte sehen müssen. Es scheint fast so, als würde er vor etwas davonlaufen. „Was ist denn mit dem los?", flüstere ich. Als die Luft wieder rein ist, schleichen wir uns über den Hof zu den Gefangenenlagern. Eine kleine, schmale Stiege im oberen Hof führt nach unten. Hier stürmten vor zwei Stunden die Gefangenen herauf, nachdem Victor das Zeichen für den Ausbruch gegeben hatte. Plötzlich stupst mich Eva in den Oberarm. Sie will wissen, was im unteren Hof vor sich geht - und wie es dort aussieht. Ich selbst will nun auch endlich meine Neugier befriedigen und so schleichen wir zur großen Treppe. Dort angekommen, können wir aus sicherheitstechnischen Gründen nur sehr eingeschränkt von unserem Platz aus auf den Hof blicken. Und doch bietet dieser kleine Bildausschnitt des unteren Hofs ein Bild des Grauens. Im Hof stapeln sich beinahe Berge von Leichen, wie wir jetzt sehen können. Darüber fünf riesige Wölfe gebeugt und die Kadaver fressend. Das Bild ist so Grauen erregend unecht und eklig, dass mir fast die Galle hochkommt.

Die Werwölfe bemerken uns nicht. Anscheinend sind diese Wesen im Hof vom Wald hergekommen. Sie hatten leichtes Spiel, viele von den Nazis sind anscheinend nicht mehr hier. Überall im Hof verteilt liegen Leichen. Schwer zu sagen, ob mehr Gefangene oder mehr SS-Soldaten. Sagen wir es mal so: Es sind verdammt viele tote Gefangene da unten. Mehr als man zählen kann. Viele liegen noch auf den Treppen. Doch ich erkenne beinahe mehr **schwarze als graue Flecken. Mehr Uniformen als Sträflingskleidung.** Anscheinend ist der Ausbruch alles in allem für die Gefangenen erfolgreich gewesen. Jedoch dürften mindestens zweihundert oder vielleicht sogar mehr Gefangene tot dort unten liegen. Von geschätzten eintausend nicht gerade wenig. Mit diesen Verlusten war trotz allem zu rechnen. Und dabei wissen wir auch nicht, wie es draußen vorm Tor aussieht. Dort werden höchstwahrscheinlich auch noch viele Gefangene liegen. Und was die SS-Soldaten betrifft: Ich schätze, viele von ihnen wurden nach dem Angriff von den Werwölfen überrascht, die durch den Lärm auf der Burg vom Wald hierher gelockt wurden. Wir müssen aufpassen, viele von ihnen sind sicherlich noch hier im Konzentrationslager auf der Jagd. Nur blöd, dass wir Victor und Manuela nicht warnen können. Naja, sie werden schon klarkommen - sie sind schwer bewaffnet. Und ich hoffe wirklich, dass diese Biester nicht nur mit Silberkugeln zu erledigen sind. Eva ist von dem Grauen wie benebelt, fast schon weggetreten. Ich versuche, sie etwas aufzubauen: „In knapp einer Stunde sind wir von hier verschwunden. Wir schaffen das schon. Jetzt nur nicht aufgeben." Es ist wirklich erstaunlich: Fast das gesamte Personal, fast alle Soldaten, die in diesem Konzentrationslager ihre grausige Arbeit vollrichteten, sind bereits tot. Oder wie ich auch annehme, ganz einfach geflüchtet. Ich höre jedoch immer wieder ein paar Soldaten um uns herum, ein paar Schüsse, also ganz dürften diese Bastarde noch nicht von hier verschwunden sein. Hätte mich auch gewundert, um ehrlich zu sein. Nachdem wir genug vom blutgetränkten Hof gesehen haben, machen wir uns auf, zu den bereits bekannten Gefangenenlagern zu gelangen. Zum einen müssen wir sichergehen, dass kein Gefangener im Konzentrationslager zurückgeblieben ist und zum anderen müssen wir dort in diesem elendslangen Gang zwei der Sprengkörper installieren.

Wir eilen also wieder zurück über den halben Hof, steigen die schmale Treppe hinunter und stoßen die Türe auf. Das Licht in den Gängen geht anscheinend nicht mehr - es ist stockdunkel. Wir knipsen unsere Taschenlampen an, die wir aus der Waffenkammer mitgenommen haben. Während der dicke Schein meiner Taschenlampe den Gitterstäben entlang leuchtet, leuchtet Eva mit ihrer Taschenlampe die linke Wand des Ganges entlang. Nichts zu sehen. Mit schnellem Schritt gehen wir ungefähr 20

Meter weiter den Gang entlang. Hier beuge ich mich runter und mache den ersten Sprengsatz scharf. Ich stelle den Timer auf die vereinbarte Uhrzeit: 07:35 Uhr. Nach gut zwei Minuten ist es schließlich vollbracht: Die Uhr tickt runter.

Als ich lächelnd und stolz zu Eva hochblicke, sehe ich ihren starren Blick, der wie immer nichts Gutes verheißt. „Dort, dort hinten, da ist irgendwas auf dem Boden.", stottert sie und zeigt mit dem Finger nach vorne. Ich nehme meine große Taschenlampe zur Hand, die ich bis jetzt für den Sprengsatz verwendet habe und schwenke damit in die von ihr gezeigte Richtung. Zwei Augenpaare nahe am Boden reflektieren mein starkes Licht, ungefähr 60 Meter weit entfernt. Sind das etwa die Leichen der Wachmänner, die wir hier liegen gelassen haben? Ein Schnauben. Ein Knurren. Nein, das sind nicht die Wachmänner. Plötzlich sehe ich sie. Zwei riesige Wölfe, die über der Leiche eines Wachmannes hocken und in die Taschenlampe starren. Dann plötzlich Bewegung. Sie sprinten beide auf uns zu. Aus 60 werden schnell 45 Meter, dann 30, dann 15 Meter Entfernung. Ich gebe Eva so ruhig wie möglich die zweite Taschenlampe und drücke mit meinem Maschinengewehr voll durch. 50, 60, 70, 80 Schuss. Der relativ schmale Gang verhindert viele Fehlschüsse. Die meisten sitzen - und zeigen endlich ihre Wirkung. Ungefähr drei Meter vor uns kommen die beiden Untiere zum Erliegen. Die Zungen weit aus dem Maul hängend, starren sie in den Boden.

„Keine Silberkugeln nötig. Es müssen ja nicht alle Legenden stimmen.", sage ich schmunzelnd zu Eva. Doch die ist kaum zu scherzen aufgelegt, als sie zum ersten Mal sieht, wie sich die Wölfe in Menschen zurückverwandeln. „Diese armen Menschen. Missbraucht!" Ich teile natürlich ihre Meinung, trotzdem bin ich froh, diese Biester erledigen zu können, wenn es noch einmal notwendig sein sollte. Nach einer kurzen Verschnaufpause gehen wir weiter. Wir müssen den zweiten Sprengsatz hier am Ende des Ganges deponieren.

Nach kurzer Zeit erblicken wir bereits den durchwühlten Leichnam des ersten Wachsoldaten. Hier waren anscheinend auch die beiden Wölfe von vorhin am Werk. Zehn Meter nach dem schrecklich entstellten Leichnam mache ich den zweiten Sprengsatz scharf. Und kurz darauf sind wir bereits auf dem Weg zu den Experimentierräumen auf der gegenüberliegenden Seite des oberen Hofs.

Nachdem wir uns vergewissert haben, dass uns niemand beobachtet, setzen wir rasch auf die andere Seite über. Erneut zeigt uns eine kleine Stiege den Weg hinab zu einer Stahltüre. Sie ist Gott sei Dank nicht verschlossen und so bewegen wir uns ins Innere des ersten Raumes. Ich finde den Lichtschalter und somit auch die Erkenntnis, dass nicht überall im Lager kein Strom herrscht. Die Neonleuchten an der hohen Decke flackern auf und surren leise vor sich hin. Wir sehen uns um. Der Raum in dem wir hier sind, ist eine Art Abstellraum. Wir finden einen Haufen Reagenzgläser, medizinische Gläser und Gerätschaften. Wir müssen weiter - also ab in den nächsten Raum. Machen Licht. Selbes Prozedere. Ein weiterer Abstellraum - nichts Besonderes.

Der nächste Raum ist da schon interessanter: ein Labor mit einem Operationstisch. Ob hier Experimente an den Gefangenen durchgeführt wurden? Alles was wir finden, ist eine eingetrocknete Blutlache am Fuß des OP-Tisches. Im Nebenraum, der seitlich von diesem Labor abzweigt, sind drei Stahlkäfige zu finden. Und ein weiterer OP-Tisch. Im Käfig ist Blut zu sehen. Und ein Büschel schwarzes Fell.

Es ist klar, dass uns zu wenig Zeit bleibt, das gesamte Ausmaß der Grausamkeiten der Nazis zu erfahren. Vieles wird uns verborgen bleiben. Was tatsächlich alles hier in diesem KZ erschaffen und gemacht wurde, wird wohl nie jemand erfahren. Wir gehen wieder zurück in den ersten Laborraum und machen die nächste Türe auf. Bestialischer Gestank kommt uns völlig unvorbereitet entgegen. In meiner Aufregung und Hektik drücke ich unabsichtlich den Abzug des Maschinengewehrs und lasse drei Schüsse in die Dunkelheit des Raumes knallen. Drei Schüsse, die höllisch in den Ohren schmerzen. Und die wohl in die Wand gingen, denn es ist niemand drinnen. Wir machen das Licht an. Es ist ein anderes Licht. Wärmer. Gelblich. In der Mitte ein steinerner Tisch. Mit Rinnsal. „So etwas habe ich schon einmal gesehen.", sagt Eva. „Ja ich auch.", muss ich leider bestätigen. „Im KZ Mauthausen haben sie uns erklärt, dass auf solchen Tischen Gefangene seziert wurden. Das hier ist ein Sezierraum." Als ich zu meiner Freundin blicke, fällt mir auf, dass ihr Gesicht immer bleicher wird. Im Rinnsal ist vertrocknetes Blut zu erkennen. Doch das ist nicht alles. Bei näherem Hinsehen sehen wir einzelne, kleine Stücke am Tisch liegen. Wohl Teile von

Organen oder vom Gehirn. Ich will es nicht wissen. Es ist ein abscheulicher Anblick und mir wird auf einmal übel. Eva dreht sich in eine Ecke und muss sich schließlich übergeben. Es ist ihr zuviel geworden: Der Gestank, der Anblick... das alles geht ihr an die Nieren. Ich kann es ihr nicht verdenken und will sie trösten: „Nicht mehr lange und wir sind hier weg. Dann müssen wir das alles nicht mehr sehen. Wir schaffen das." „Um das geht es aber nicht, Alex. Ob wir es sehen müssen oder nicht - passiert ist es dennoch und diese Tatsache zu verdrängen oder einfach wieder vergessen zu wollen ist nicht Recht. Schon komisch, wir haben immer gedacht, dass so etwas nicht wieder passieren kann. Das haben wir alle geglaubt..."

Die Wahrheit ist, sie hat völlig Recht. „Das Traurige ist, dass es jederzeit wieder passieren könnte. Die Nazis haben es in der Vergangenheit probiert und hatten damit wieder Erfolg, wie man sieht. Niemand hielt sie auf.", gebe ich zu bemerken und stütze die schwache Eva. „Wer weiß, vielleicht ist hier nicht das einzige KZ. Vielleicht haben sie auch eines im Jahr 1433 oder 1517 errichtet." „An so etwas dürfen wir nicht mal denken, Eva..." „Aber sieh dir doch nur mal die Möglichkeiten an, Alex. Die haben auch ein Zeitportal, sonst könnten sie ja nicht hierher gekommen sein." „Hey, wir dürfen uns nicht verrückt machen lassen durch diese Spekulationen. Alles was wir heute und hier ändern können ist die Gegenwart, beziehungsweise jetzt und hier die Vergangenheit. Wir haben heute hunderten von Menschen das Leben gerettet. Darauf müssen wir blicken. Wir befreien das Jahr 1666 von Tyrannei und Massenmord. Wir befreien dieses Jahr von den Nazis. Das ist alles, was wir heute tun können. Wer hätte gedacht, als wir vor zwei Tagen in den Zug in Budapest eingestiegen sind, dass wir unsere Reise hier in einem KZ im Jahr 1666 beenden werden?" „Stimmt, das wird uns nur niemand glauben. Eine Geschichte, die man eigentlich nicht erzählen kann." Gemeinsam schreiten wir mit ungutem Gefühl weiter.

24

Eva und ich bemerken, dass es nur durch einen offenen Durchgang seitlich des Sezierraums weitergeht. Je weiter wir in den Tunnel hineingehen, desto schlimmer wird der Gestank. Am Ende des kurzen Tunnels wartet nun ein Raum auf uns, der alles Abscheuliche bisher in den Schatten stellt: Wir stehen mitten in einem Leichenraum. Und jetzt weiß ich auch, woher dieser widerliche Gestank kommt. Ich muss mir meine Hand vor Mund und Nase halten. Links und rechts des schmalen Ganges liegen nebeneinander geschlichtet die toten, nackten und abgemagerten Körper von Männern, Frauen und Kindern. Immer Kopf an Fuß. Eva klammert sich an mich. Die Wände sind aus weißen Fliesen und der Boden, auf dem die Leichen liegen, aus grauem Stein. Blut sehe ich keines. Und ich weiß auch ganz genau, wieso nicht. Denn der nächste Raum wird ein ganz bestimmter sein.

Ich erinnere mich wieder an meinen Freitagnachmittag-Ausflug nach Mauthausen: Genau so ein Leichenraum war dort der Nebenraum der Gaskammer. Ich drücke den großen, schweren Riegel nach unten und ein Schwung von Körpergeruch und Rauch strömt uns entgegen. Die Luft ist nebelig, als wir eintreten. Ein fürchterlicher Geruch. Es riecht nach Elend. Es riecht nach Tod. Ja, so riecht der Tod. Eva stockt der Atem. Sie ist damals bei ihrem Besuch im KZ Mauthausen nicht in die Gaskammer mitgegangen. Sie wollte das Grauen einfach nicht sehen. Denn nach all den Jahren war der Geruch in Mauthausen noch immer da, wenn man es sich einredete. Und jetzt stehen wir in einer nahezu aktiven Gaskammer, die noch vor Stunden zig Menschen hinrichtete. Was haben diese Menschen gefühlt, als sie den Tod erwarteten? Hatte man ihnen auch gesagt, sie könnten nun duschen gehen? Haben sie es geglaubt oder haben sie schon mit dem Tod gerechnet, als schlussendlich das Gas aus den Fontänen von oben kam? Ich weiß es nicht. Für mich ist dieser Augenblick hier einer der schlimmsten und heftigsten der vergangenen zwei Tage.

Ich höre Eva weinen und nehme sie in den Arm. Und so stehen wir eine Weile in der leeren Gaskammer, in der Stunden zuvor die Menschen, an denen wir vorhin vorbeigegangen sind, auf grausamste Weise hingerichtet wurden. Wir stehen ein, zwei Minuten einfach nur da und umarmen uns. Ich erinnere mich plötzlich an Evas Worte von vorhin: Es sei nicht Recht, diese

Tatsachen zu verdrängen oder wieder vergessen zu wollen, nur weil sie so schrecklich sind. Passiert seien sie trotzdem. Es ist also egal, ob wir diesen schrecklichen Raum schnell wieder verlassen oder nicht. Denn wir können es nicht mehr ungeschehen machen. Und wir können auch nicht mehr so tun, als würde es weniger Realität werden, wenn wir die Gaskammer wieder verlassen und weitergehen. Ich mache den dritten Sprengsatz scharf. In der Gaskammer. Vielleicht ein Zeichen von uns: Dieser schreckliche Raum wird als erster zerstört werden.

Schweigend gehen wir in den nächsten Raum, der weniger ein Raum ist, sondern ein sehr langer Gang - eine Art Tunnel. Am anderen Ende erkennen wir gedämpftes Licht. Und wir hören zum ersten Mal seit längerer Zeit und nach diesem geisterhaft ruhigen Mittelteil des zweiten unterirdischen Schiffes des Konzentrationslagers wieder ein weit entferntes Brüllen und Knurren. Und je näher wir dem Ende des langen Tunnels kommen, desto lauter wird es. Ich kann mir ganz genau denken, was uns nun zum Abschluss hier erwartet.

Es ist bereits zehn vor sieben - viel Zeit bleibt nicht mehr, das letzte Paket abzuliefern. „Das müssen die Käfige sein." „Die Käfige?", fragt Eva. „Für unsere netten Heulbojen." Da nichts an der Türe scharrt, können wir davon ausgehen, dass die Biester da drinnen eingesperrt sind. Eine wage Vermutung, aber wir müssen es probieren. Uns läuft einfach die Zeit davon. Die Türe ist verschlossen. Noch besser. Ich probiere einige Schlüssel des Wachmanns durch. Einer passt. Er schließt die schwere, dunkle Türe auf.

Ein penetranter, süßlicher Geruchscocktail aus nassem Fell und verdorbenem Fleisch haut uns fast um, als wir die Türe öffnen. Wir laufen schnell an den Käfigen vorbei, die auf der rechten Seite aufgestellt sind. In jedem von ihnen mindestens fünf dieser abartig hässlichen Kreaturen mit langer Schnauze. Hier müssen um die hundert Experimente und mehr eingesperrt sein. Was genau die Nazis mit ihnen vorhatten, werden wir wohl nie erfahren. Trotz unserer Vermutungen in diesem Zusammenhang bleibt am Ende im Grunde doch nur ein Fragezeichen übrig. Ein Rätsel. Welch ein Schicksal diese armen Menschen haben. Wir müssen sie erlösen. Das ist kein Leben mehr - ein Leben als diese barbarische Ausgeburt der Hölle. Sie müssen mit dieser gesamten Mordanlage hier untergehen. Wir laufen bis zur Mitte des Ganges und stellen den letzten der vier Sprengsätze ein... auf 07:35 Uhr.

Ich sehe meine Armbanduhr im Augenwinkel - es ist bereits sieben Uhr. Die Wölfe sind aggressiv geworden durch unser Eindringen. Und doch wirken sie wie am Ende. Sie wirken so hilflos. Sie rütteln wie wild an den Käfigtoren, doch die dicken Stahlrohre geben nicht nach. Aus ihren Mäulern läuft Speichel und Blut. Doch ihre Augen - ihre Augen sind noch fast die eines Menschen. Mir kommt es so vor, als würden sie um Erlösung flehen. Als würden ihre Augen uns anflehen, sie endlich umzubringen. Lange blicke ich in die Augen eines solchen Wolfsmenschen und kann mich kaum losreissen davon. Ich sehe Verzweiflung und Wut. Resignation. Und im nächsten Moment geben sie ein markerschütterndes Gebrüll und Geheul von sich, dass man glaubt, die Welt liege ihnen zu Füßen. Es gleicht dem Jaulen eines verletzten Hundes. In ihren Augen sehe ich, dass es die Bitte ist, ihrem traurigen Dasein ein Ende zu bereiten. Wegen nichts anderem sind wir gekommen.

„Bald schon werdet ihr nicht mehr leiden müssen.", so Eva. Sie drückt eine Träne weg und sieht mich an. Ich habe Mitleid mit diesen Kreaturen. Mit diesen Menschen. Sie waren den schrecklichen Experimenten der Nazis zum Opfer gefallen. Letzte Nacht jagten sie uns noch. Und jetzt habe ich Mitleid mit diesen Wesen. Man muss gewisse Dinge aus verschiedenen Perspektiven sehen, um ein vollständiges Bild zu erhalten. Über zweihundert Menschen sind letzte Nacht im Zug wahrscheinlich durch diese Kreaturen umgekommen. Wir wissen es nicht. Vielleicht ist irgendeiner von denen, die hier eingesperrt um ihre Erlösung jaulen, der Sohn von Krzysztof. Kurz muss ich an ihn denken. Ob er bereits wohlauf bei sich zuhause und seinen verbliebenen Töchtern ist? Ich wünsche es ihm. Ich wünsche es allen, denen wir die Möglichkeit gegeben haben, zu fliehen. Viele von ihnen haben es nicht geschafft. Einige von ihnen aber schon.

Wir laufen zum Ende des Ganges, öffnen behutsam die Türe und sehen eine steinerne Treppe, die nach oben führt. Frei von unseren Sprengsätzen, schleichen wir um einige Kilogramm leichter die Treppe hinauf. Die Sonne ist bereits ganz knapp vor dem Aufgehen - am Osthorizont wird es langsam hell. Noch ist es dunkel auf der Burg, aber schon bald werden die ersten Sonnenstrahlen schräg auf die dunkelgrauen Mauern des KZ treffen. Ein kurioses Bild wird es abgeben: Die permanente

Dunkelheit des Ortes und die warmen, freundlichen Sonnenstrahlen des neuen Tages, an dem sich soviel geändert hat. „Hände hoch, verdammt noch mal!" Scheiße... nein... bitte nicht. „Ich hab gesagt ‚Hände hoch' oder ich knalle euch beide sofort ab!"

25

Wir tun, was der Mann sagt und lassen dann auf Aufforderung unsere Waffen fallen. Ich habe ihn einfach nicht bemerkt - wir haben die Stelle hinter uns nicht richtig abgesichert. Wir waren diesmal zu leichtsinnig, verflucht noch mal. „Herr Obersturmbannführer...", schreit plötzlich der Soldat, der genau über der Treppe steht und das Gewehr auf uns richtet. Ein weiterer SS-Offizier kommt kurz darauf im Laufschritt von der anderen Seite zu uns rüber. Ein junger Schütze trabt plump hinter ihm her. „Na was haben wir denn da? Sind das die Leute, denen wir diese ganze Katastrophe zu verdanken haben?" Ich weiß in dem Moment eines: Wir sind erledigt. Sie werden uns auf der Stelle exekutieren. Mit dieser Erkenntnis im Kopf will ich gerade einen Spruch mit Nazi-Beleidigung loslassen, da bemerke ich plötzlich etwas Graues, das sich über den Soldaten auftürmt. Genauer gesagt: Zwei mächtige, graue Plüschtierchen bäumen sich direkt über dem Soldaten und dem Offizier auf. Sie stehen mittlerweile mit hängender Zunge auf dem Mauervorsprung direkt hinter ihnen. Offenbar bemerkt der Soldat die Gefahr hinter ihm nicht, da er lachend sagt: „Ja, das dürften sie wohl sein, Herr Obersturmbannführer." „Erschießen!", befiehlt der ranghohe Offizier.

Das silberne Fell der Werwölfe glänzt in der soeben aufgehenden Sonne, die die ersten Sonnenstrahlen auf die graue Mauer schickt und ich weiß in dem Augenblick, dass diese Tierchen unsere Rettung sind. „Jawohl!", sagt der Soldat und legt auf uns an. In diesem Augenblick reisst der eine Werwolf, der über dem Soldaten steht, demselbigen mit der Pranke den halben Arm mit dem Gewehr ab und gräbt sich mit seinem Maul gierig in den Hals des Soldaten. Der Schuss, der dabei von ihm losgeht, verfehlt uns nur knapp und trifft irgendwo weit entfernt auf eine Mauer. Die erbärmlichen Schreie des sterbenden Soldaten übertönen beinahe den zeitgleichen Angriff des zweiten Wolfes auf den Offizier. Die Fetzen fliegen. Der junge, ungestüme Schütze, der mit dem Offizier hierher gekommen ist, schreit und läuft um sein Leben. Uns widmet er nicht einmal einen Blick.

So verblüfft über dieses perfekte Timing der Werwölfe, warten wir schlussendlich einen Tick zu lange: Als ich bemerke, dass mich eines dieser Untiere mit blutverschmierter Schnauze ansieht, beginnen wir, es dem Schützen gleich zu tun und rennen um unser Leben. Der Wolf springt auf mich zu, während er sich bereits in den ersten breiten Sonnenstrahlen des Tages zurückverwandelt. Schließlich fällt er als verwirrter Mensch von mir. Auch der andere Werwolf hat sich bereits zurückverwandelt. Ein nackter Mann, der nicht weiß wo er ist - sich aber im Blut und Fleisch des SS-Offiziers wieder findet.

Ich habe es leider nicht wirklich besser erwischt, denn ich spüre plötzlich einen stechenden Schmerz in meiner linken Hand. „Das Mistvieh hat mich im letzten Augenblick noch gebissen, verdammte Scheiße! Ich bin erledigt!!" „Komm, lass sehen...", sagt Eva beunruhigt, aber hoffend, dass ich mich täusche. Dem ist jedoch leider nicht so. Schnell richte ich mich auf und blicke auf die Uhr: Es ist mittlerweile viertel nach sieben. Wir laufen so schnell es geht in Richtung Bereich X-88. Währenddessen schreie ich mir meinen Frust über den Biss aus meiner Seele in den Hof hinaus. So knapp vor dem Ziel muss es mich also erwischen. Eva ist tapfer - sie stellt keine Fragen. Wir laufen was das Zeug hält und kommen ohne weitere Probleme (waren das denn nicht genug?) an unserem Zielort an.

Drinnen warten bereits Victor, Manuela und... niemand sonst. Eva schließt die schwere Stahltüre hinter sich und sperrt ab. Ich laufe auf das ungarische Pärchen zu, das direkt vorm Zeitportal steht. „Wo ist Daniel?", will ich wissen. Victor schüttelt nur selbsterklärend den Kopf. „Daniel können wir verdanken, dass wir noch leben. Er ist jetzt bei seiner Freundin Klara.", sagt Manuela. Victor schaut zu Boden. Eine eigene Geschichte, die ich nur zu gerne hören würde. Aber ich fürchte, hier ist Endstation und es bleibt keine Zeit mehr dazu. „Alle Pakete erfolgreich abgeliefert, Freunde?", bricht Victor schlussendlich mit der Stille. „Mehr oder weniger erfolgreich. Aber die vier Bomben ticken, wenn du das meinst. Ihr hattet jedoch die leichtere Route." Ich blicke erneut auf meine Uhr: Es ist 07:21 Uhr. In neun Minuten müssen wir von hier verschwinden. Oder besser gesagt: Die anderen... denn ich werde nicht mitkommen.

26

„Wie bitte? Bist du jetzt völlig verrückt geworden?" „Was, Alex?", funkt Victor dazwischen, „Du kommst nicht mit? Wie soll ich denn das verstehen, mein Freund?" Ich weiß, ich habe nicht viel Zeit für Erklärungen: In knapp zehn Minuten wird sich das Zeitportal öffnen. „Jetzt seht mich doch an, Mensch. Eva, ich bin gebissen worden. Von einem Werwolf. Du weißt, was das bedeutet. Das was mit Mario passiert ist, passiert jetzt auch MIT MIR!" „Du bist gebissen worden??!", fragt Victor und beantwortet sich selbst bereits die Frage als er meine blutige Hand sieht. Berührt richtet er seinen Blick zu Boden. Ich weiß ganz genau, dass er von einer Sekunde auf die nächste verstand.
Nur Eva versteht es nicht. Das hätte ich auch nicht erwartet. Manuela holt in der Zwischenzeit wieder den Verbandskasten und kümmert sich um meine verletzte Hand. „Komm Alex, du weißt das doch gar nicht. Mit Sicherheit gibt es ein Heilmittel. Bei uns im Jahr 2008. Wenn wir wieder zuhause sind, können wir

uns diesem Problem annehmen. Ja willst du denn ernsthaft hierbleiben, draufgehen und mich allein lassen? Willst du das?" „Eva, bei uns gibt es kein Heilmittel, weil es diese ‚Krankheit' bei uns ja auch gar nicht gibt. Die Ärzte würden mich in eine Psychiatrie stecken - sie würden Geisteskrankheit diagnostizieren. Für etwas das nicht existiert, gibt es kein Heilmittel." „Ich lass dich nicht gehen... das kannst du uns nicht antun. Das kannst du MIR nicht antun." „Ich liebe dich über alles. Aber manche Dinge sind größer und bedeutender als alles andere." „Und was bitte ist es wert, dass du mich alleine zurücklässt? Es gibt Mittel und Wege, dich bei Vollmond einzusperren, also was zum Teufel willst du hier?", so Eva in Rage. „Es ist viel mehr als das. Mehr als die Verletzung. Ich habe diese Entscheidung eigentlich schon vor dem Angriff und dem Biss gefällt. Die Entscheidung, dass ich nicht mit euch komme. Der Biss war für mich nur der endgültige Bescheid sozusagen. Ein Grund mehr, kein schlechtes Gewissen zu haben. Ein Grund mehr, meine Entscheidung für gut zu heißen." „Kannst du mir endlich sagen, wovon du jetzt sprichst?" „Ich spreche von dem Lager hier. Sieh dich doch mal um. Wir haben das Jahr 1666. Das da ist ein Zeitportal. Und es muss in Nazi-Deutschland auch eins sein."

Eva versteht nicht, worauf ich hinaus will: „Na und?" „Auf diese Sache hast du mich eigentlich gebracht, Eva: Die Nazis könnten 1433 oder 1517 oder zu jedem anderen Zeitpunkt in der Vergangenheit weitere Lager bauen und alles würde wieder von vorne anfangen, hast du gesagt. Und weißt du was? Du hattest absolut Recht damit. Wir können jetzt nicht einfach in unsere Zeit zurück ohne diese Mistkerle endgültig davon abzuhalten, mit ihrer Politik irgendwo und irgendwann anders weiterzumachen. Mir leuchtet jetzt ein, dass ich dagegen etwas unternehmen muss. Ich habe hier mit diesem Zeitportal die einzigartige Chance, aktiv in die Geschichtsschreibung einzugreifen." „Aber du kommst nicht mehr zurück aus der Nazi-Zeit. Die werden dich umbringen. Und selbst wenn du es schaffen solltest... wenn du das Zeitportal zerstörst, kommst du nicht mehr zurück, verstehst du das denn nicht?" „Leider weiß ich das. Doch manchmal sind gewisse Dinge größer als ein einzelner Mensch und ein einzelnes Schicksal. Wir haben hier die Möglichkeit, unsere Welt besser zu machen, indem wir sie vor denen schützen, die sie ins Verderben stürzen wollen. Du hattest Recht, Eva. So etwas kann immer wieder passieren. Das weiß ICH jetzt. Das wissen WIR jetzt. Und auf jeden Fall muss verhindert werden, dass so etwas wieder geschieht: Für die Zukunft seid ihr dafür verantwortlich, tja, und für die Vergangenheit bin wohl ich es." „Ich will nicht, dass du mich verlässt. Ich liebe dich, ich brauche dich hier und jetzt, in der Gegenwart und in der Zukunft!" „Ich liebe dich auch, Eva. Aber du weißt, irgendjemand muss das tun. Wir müssen das Ganze hier aufhalten, und zwar an der Quelle, dort wo alles begann. Wir haben gar keine andere Wahl. Sonst marschieren irgendwann die Mächte der Dunkelheit über diesen Planeten und wir wissen nicht einmal mehr, wo sie hergekommen sind." „Ich will mit dir zusammen sein, Alex - egal wo und wann! Ich komme mit dir mit." „Das geht nicht, die Leute hinter dem Portal würden dich umbringen. Sie hätten keine Verwendung für dich, sie hätten keine Erklärung. Ich wäre der überlebende Offizier von 1666 und könnte so von innen die Sache bekämpfen. Für dich hätte ich keine Rolle, das weißt du. Ich wünschte, es wäre anders. Ich wünschte, du könntest mit mir kommen." „Wieso musst du immer so verdammt pflichtbewusst sein?" „Das hat für mich nichts mit Pflichtbewusstsein zu tun. Ich könnte so nicht leben und das hast du mir klar gemacht, als wir da unten in der Gaskammer standen, in der Hunderte oder gar Tausende ihr Leben lassen mussten. Für nichts, denn sie sind alle umsonst gestorben. Einsam und allein. Ich könnte nie mehr ein Auge zumachen, ohne daran denken zu müssen, dass wir mehr hätten tun können - dass wir diesen Wahnsinn auch woanders stoppen hätten können."

Eva schaut mir tief in die Augen und die Tränen laufen ihr über ihre hübschen Wangen hinunter. Sie erkennt wohl in diesem Augenblick, dass sie mich nicht mehr umstimmen kann. „Alex, viel Zeit haben wir nicht mehr...", so ein sichtlich gerührter Victor, "in drei Minuten öffnet sich das Portal." „Ich weiß, Victor. Ihr müsst jetzt gehen.", sage ich und wende mich wieder meiner Freundin zu. Meiner großen Liebe... Eva.

„Ich hasse dich. Du verlässt mich." „Willst du mich mit diesen Worten gehen lassen?" „Ich hasse dich, weil du gehst. Aber ich liebe dich. Alex, ich werde dir das nie verzeihen, dass du mich in Stich lässt. Du hast mir versprochen, dass wir es schaffen werden, weißt du noch?" „Ja... und wir schaffen es auch. Ihr schafft es. Ich muss meinen eigenen Weg gehen, denn... diesen Weg muss ich einfach gehen." „Ich liebe dich. Du hast so einen grenzenlosen Mut und niemand wird dich dafür preisen. Du spielst Märtyrer und niemand wird wissen, was du für uns alle geopfert hast." „Eva, ich spiele keinen Märtyrer. Ich tue einfach nur das, was ich für richtig halte. Du wirst das irgendwann verstehen können." „Ich fürchte, ich verstehe dich schon jetzt." Eva stürzt sich auf mich. Sie schluchzt wie ein Baby. „Du wirst mir so fehlen!" „Du mir auch, mein Schatz! Du mir auch. Es wird keine Sekunde mehr in meinem Leben vergehen, an der ich nicht an dich denke, das schwöre ich." „Ich schwöre, ich werde dich niemals vergessen.", so Eva.

Der Abschied fällt schwerer als ich gedacht habe. Viel schwerer. Ich will sie gar nicht mehr loslassen. Aber es ist Zeit. Das Zifferblatt meiner Uhr zeigt bereits 07:30 Uhr an. Victor hat mittlerweile den Timer des Zeitportals auf 07:32 Uhr umprogrammiert um uns mehr Zeit zu geben. Hier sind sie also: die letzten beiden Minuten. „Mach denen die Hölle heiß. Bring sie alle um!", so Victor. Ich nicke ihm zu und gebe ihm die Hand. „Vielen Dank für alles, Victor. Ohne dich hätten wir das nie geschafft. Du bist ein guter Freund!" „Pass auf dich auf, Alex. Du hast echt Courage. Ich wünschte, ich könnte das machen." Ich weiß, worauf Victor hinauswill. Er kann nicht anstatt mir gehen - er würde durch seine äußere Erscheinung, spätestens aber durch seine Aussprache auffliegen. Er weiß das, ich weiß das. So gut kann er auch wieder nicht seine ungarische Herkunft verstecken. Sie würden ihn sofort erschießen und er hätte dort nichts ausgerichtet. Victor würde nur zu gerne persönlich in Hitlers Arsch treten, das weiß ich.

„Danke, Kollege." „Bitte tu mir einen Gefallen, und reiß denen als Werwolf den Arsch auf." „Ich werd's versuchen.", scherze ich noch. Ich gebe Manuela die Hand und bedanke mich für ihr rasches Handeln und für ihre Freundschaft. Sie umarmt mich und wünscht mir alles Gute. Eva und ich küssen uns, während das Zeitportal schließlich aktiviert wird. Sie müssen gehen. Der gute Victor muss sie von mir trennen. Zum letzten Mal berühren sich unsere Lippen und unsere Fingerspitzen reißen sich ein letztes Mal von einander los. Der letzte Körperkontakt. „Ich bin stolz auf dich. Ich liebe dich!", schluchzt sie unter dicken Tränen, die über ihr zartes Gesicht fließen wie ein Wasserfall. „Ich liebe dich. Sei stark und hab keine Angst, mein Liebling!", sage ich voller Mut und ebenfalls unter Tränen. Zum letzten Mal treffen sich unsere Blicke. Und dann... fließen sie wie Wasser durch das Tor. Sie waren verschluckt. Weg von dieser Welt. Weg vom Jahr 1666. Weg aus meinem Leben.

Das Tor schließt sich wieder. Ich werde meine Eva nie wieder sehen. Einen kurzen Augenblick lang bleibe ich so verharrend vorm Zeittor stehen und sehe nur noch ihre Umrisse in meinen Gedanken. Ich wische mir rasch die Tränen weg, adjustiere mich noch schnell schlampig und drücke schließlich den großen vorprogrammierten Button „X-01 Berlin".

Keine Ahnung, wo ich genau ankommen werde. Das Tor öffnet sich und eine Wand aus hellgrauem Wasser wartet auf mich. Ich blicke mich noch einmal um. In gut einer Minute wird hier alles

dem Erdboden gleich gemacht. Das Zeitportal wird zerstört werden, genauso wie der restliche Lagerkomplex. Das Lager 1666 wird Geschichte sein. Wo und wann haben diese Nazi-Schweine noch gebaut? Ich bin gewillt, es herauszufinden und werde dafür früher oder später mit meinem Leben bezahlen müssen, das ist mir klar. Aber ich muss zumindest lange genug überleben, um diese Kerle aufzuhalten. Ich blicke ein letztes Mal auf meine moderne Armbanduhr und lege sie neben mir auf den Boden. Ich hatte sie den ganzen Tag über im Visier, aber auf diese Reise kann ich sie nicht mitnehmen. Es ist jetzt 07:34 Uhr und in 20 Sekunden wird die Explosion das ganze Lager hier wegreissen.
Ich wende mich dem großen wässrigen Quadrat zu und schließe meine Augen. Auf in den Kampf. Diese Schlacht war gewonnen, doch der Krieg hat für mich gerade erst begonnen. Ich richte ein letztes Mal meine Offizierskappe.

Und während ich durch die nasse Masse des Portals hindurch trete, genießt der gigantische Lagerkomplex des Konzentrationslagers die letzten wärmenden Sonnenstrahlen auf der kalten, grauen Mauerwand. Die angefressenen und zerwühlten Leichen der SS-Soldaten und Gefangenen liegen noch immer im unteren Hof herum. Die zurückverwandelten Menschen in den Käfigen schreien um ihr Leben, während wenige Meter von ihnen entfernt die letzten Sekunden der dort von uns installierten Bombe runter ticken. Tick. Tack. Tick. Tack. Zum selben Zeitpunkt - das Wachzimmer im ersten Turm: Hier

baumeln in dieser einen von vier letzten Sekunden drei SS-Offiziere von der Decke herunter. Für die Nazis war der Selbstmord anscheinend immer der letzte Ausweg. Während die letzten drei Sekunden im Wachzimmer auch noch verstreichen, baumelt der Untersturmbannführer etwas nach links und der Sturmscharführer etwas mehr nach rechts. Eine mitgebrachte Katze eines Soldaten jagt eine Ratte durch den oberen Hof. Der Hauptsturmführer sitzt noch immer ohne Gehirn und nun auch ohne hinterer Schädeldecke in seinem teuren Ledersessel am Schreibtisch. In seinen kalten, steifen Händen sein letzter Anblick - der Lauf seiner Pistole. Und als schlussendlich auch noch die letzte Sekunde vergeht, gibt es außer dem Wimmern von letzten, versteckten SS-Soldaten nichts als Stille.
Es ist Freitag, der 31. Dezember 1666, 07:34 Uhr und 59 Sekunden. Tick. Und es macht schließlich Klick. Und die Festung der Grausamkeit wirkt in diesem letzten Augenblick, in diesem letzten Atemzug so friedlich wie noch nie zuvor. Und mit zehn zeitgleich detonierenden Sonnen und einem so lauten Knall, wie die Welt zuvor noch nie gehört hat, feiert Wolkov sich verfrüht ins neue Jahr 1667. Ohne Frage - es wird ein besseres werden. Und die todbringende Burg verschwindet schließlich in einem gewaltigen Schutt- und Ascheregen. Und mit ihr weicht die Unmenschlichkeit und Frieden kommt übers Land. Endlich ein Sonnenaufgang nach diesen düsteren Nächten. Endlich ein Neuanfang. Endlich Hoffnung. Ein neuer Tag. Die Leute hier schreiben morgen das Jahr 1667.

Epilog

Leider bleibt mir dieser Neuanfang von Wolkov und ein Blick auf unseren Erfolg verwehrt. Ich falle hart auf kalten Boden. Alles verschwommen. Jemand hilft mir auf, werde links und rechts an den Armen gepackt und hochgezogen. Ich schreie vor Schmerz. Ein Tumult entsteht um mich herum und ich weiß im ersten Moment überhaupt nicht, wo ich bin. Ganz langsam wird es besser. Eine riesige Halle erstreckt sich vor mir. Zwei Soldaten, einer links und einer rechts, bringen mich an den Hallenrand. Vier Leute kommen mit einem Koffer angelaufen. Es stellt sich heraus, dass es sich um ein Erste-Hilfe-Team handelt. Meine von Manuela noch gut verbundene Bisswunde versuche ich aus reinem Reflex heraus zu verstecken. Noch immer sehe ich nicht ganz so, wie ich es gewohnt war. Vor allem die Stimmen der Leute dringen sehr laut und verzerrt an mein Gehör. Aber langsam kommt mir Klarheit. Nicht nur Klarheit auf Augen und Ohren, sondern auch im Gehirn: Das Puzzle setzt sich wieder zusammen. Der Zug. Das Haus. Das KZ. Das Portal. Mein Biss. Und schließlich meine erneute Reise durch die Zeit, die mich hierher brachte.

Meine Schulter wird bereits versorgt, auf mich wird eingeredet. Noch kann ich nicht alles verstehen. Sie reden mir zu laut, zu durcheinander, zu hektisch. Aber ich begreife wieder. Ich bringe ein „einzig Überlebender" über die Lippen. Das alles geschieht jedoch so automatisch, dass ich gar nicht wirklich nachdenken muss - es ist plötzlich sonnenklar. Ich sitze mittlerweile auf einem Krankenbett, seitlich dieser modernen, großen Halle, die sich nur durch ihre Größe von dem Zeitportal-Bereich im KZ Wolkov unterscheidet. Das quadratische, silberne Zeittor, aus dem ich offenbar relativ unsanft herausgefallen bin, scheint allerdings auch größer zu sein.

„Ein glatter Durchschuss, Herr Untersturmführer, nichts Ernstes.", so eine junge, attraktive Krankenschwester, die mich wieder aus meinen Beobachtungen und Gedanken holt. Freundlich nicke ich ihr zu. Meine Ohren hören wieder besser. Ich verstehe beinahe wieder jedes Wort klar und deutlich.

Plötzlich fällt ein Schatten über mich. „Mein Sohn, ich bin stolz. Einen so tapferen jungen Mann habe ich selten erlebt. Was ist passiert? Wo sind Ihre Kameraden?"

Ich erkenne diese Stimme. Mit einem Schlag. Aus dem Geschichtsunterricht. Aus alten Tonaufnahmen. Aus dem Fernseher. Aus längst vergangener Zeit. Vor mir steht Adolf Hitler. Er sieht mir offenbar meine Verwirrung an und legt mir seine zittrige Hand auf meine gesunde Schulter. „Herr Untersturmführer Klein", und blickt dabei auf meinen Dienstgrad und Namen, „was ist auf Anlage 2b geschehen?" Ich sammle mich plötzlich, habe wieder meinen Plan im Kopf und fahre hoch aus meinen Gedanken - und aus dem Krankenbett. „Heil mein Führer. Wir wurden überfallen... ich... ich..." „Na, na, jetzt beruhigen Sie sich doch. Kommen Sie erstmal wieder zu Kräften, Sie sehen fürchterlich aus. Und dann unterhalten wir uns."

„Mitkommen!", so der Führer knapp und sein ganzer Trupp um mich bewegt sich zügig in Richtung Hallenausgang. Langsam aber sicher komme ich wieder zu altem Verstand. Ich muss mich an meinen Plan halten. Ich muss es schaffen, das Zeittor hier zu zerstören. Vorerst muss ich jedoch mitspielen.

Anlage 2b?? Es sieht leider ganz danach aus, als würde es tatsächlich mehrere von diesen Konzentrationslagern in der Vergangenheit geben. Verdammt!

Wer hätte geglaubt, dass ich mit dem Zug von Budapest zuerst im Jahr 1666 und nun hier landen würde? Und wer hätte geglaubt, dass ich dem schrecklichsten Diktator dieser jenen Welt gegenübertreten würde? Ich habe also tatsächlich die einmalige Chance, die Geschichtsschreibung zu ändern. Ungeahnte Möglichkeiten. Ich bin wieder hellwach, sehe gut, höre einigermaßen gut und als ich so dem Führer nachschreite, habe ich mir schon einen neuen Plan zurechtgelegt. Der Krieg kann also beginnen.

Ich muss plötzlich an Eva denken. Hoffentlich geht es ihr gut. Sind sie wohlauf im Jahr 2008 angekommen? Und sind sie auch so benebelt gewesen bei ihrer Ankunft? Nach all diesen Erlebnissen kann ich sagen, dass ich immer wollte, dass ihr nichts zustößt in dieser Welt. Und genau dafür lohnt es sich immer zu kämpfen. Für Eva. Für uns alle. Für ein bisschen Menschlichkeit in dieser trostlosen Welt, in der Hass die Menschen buchstäblich in Bestien verwandelt. Ich werde sehen, wie weit ich komme. Wir werden sehen, ob ich mein Ziel erreiche. Doch immerhin kann ich eines mit Gewissheit sagen: Ich habe es versucht. Ein gutes Gefühl, das mir Kraft für die kommenden Tage gibt. Kraft und Hoffnung. Wer hätte gedacht, dass der Werwolf in meinem Traum ich selbst sein würde?

Ob es Schicksal war, dass ausgerechnet wir mit dem Zug in diesem Schneesturm hängenblieben und in dieses spezielle Jahr versetzt wurden, kann ich nicht sagen. Ob es Zufall war? Ich habe keine Ahnung. Und in Wirklichkeit spielt es auch keine Rolle mehr. Die Schienen sind gelegt und manchmal heißt die Endstation: Hölle. Und hier bin ich angelangt. Und werde das tun, was ich für richtig halte.

Wir lassen die Halle hinter uns und wo es jetzt mit mir hingeht, weiß ich nicht. In eine ungewisse Zukunft, würde ich sagen. Ich denke an Eva und wie es war, als wir damals Urlaub in Paris machten. Tausend wunderschöne Erinnerungen schießen mir plötzlich durch den Kopf. Eine warme Decke legt sich um mich. Eva denkt an mich. Und wird es immer tun.

Im Endeffekt kann man also nie sagen, wo man ankommt, wenn man in den Zug steigt, um von Punkt A nach Punkt B zu gelangen. Manchmal macht man Zwischenstopps und Umwege, die nicht eingeplant waren. Manchmal erfährt man etwas über sich selbst. Manchmal hat man die Chance, Dinge zu ändern. Manchmal hat man einmalige Möglichkeiten, die sich ohne diesen Zwischenstopp nicht ergeben hätten. Manchmal trifft man Entscheidungen, die über das eigene Schicksal hinausgehen. Und manchmal, aber nur manchmal, ist der Weg zu dieser

Entscheidung bereits das eigentliche Ziel dieser langen Reise. Eine Reise, die für mich im Zug begann, als plötzlich ein Wolf in Militäruniform vor mir stand.
Die Schienen fehlten damals ganz einfach deshalb, weil sie neu gelegt werden mussten.

Über den Autor

Andreas Huber, geboren 1987 in Wels, lebt zurzeit in Roitham bei Gmunden in Oberösterreich.
Seit seiner frühen Jugend beschäftigt er sich intensiv mit Literatur und Film. Dieses starke Interesse lässt auch immer wieder Romane, Essays, Artikel für Zeitschriften aber auch eigene Filmproduktionen entstehen.